Mission from Heaven 1

gut:

私はゴミ箱です。
あなたをリサイクルしてあげます。
不満は全部私に言ってください。
あなたの悪いところは、私がもらいます。
私のいいところは、あなたにあげます。
私はすべてを捨てます。
一％も残さず、自分を全部捨てます。
それがあなたの幸せのためなら……。
あなたが幸せになるなら、
それが私の幸せになります。

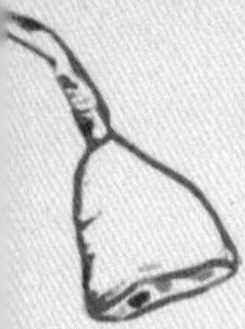

祥江さんに捧ぐ

# 目次


人間の愛、神の愛 序 8
出逢い 15
Hと立花家の人々 21
Z公園での出来事 39
Hの生い立ち 47
詩織の日記（1） 61
優しいトランプゲーム 66
詩織の日記（2） 82
透とH 91
詩織と由紀 103
シゴト 129
詩織の日記（3） 171
風間家 180

架け橋 201
病院にて 221
Hと友恵 231
死神 244
Hの決断 263
友恵の夢 278
約束 283
人間の愛、神の愛 292
雨…… 312
右手とハート 330
渡の執筆 337
天《そら》へ 343
後記 362
追記 366

# 人間の愛、神の愛

## 序

——もしダーウィンの唱えた『進化論』が真実で、それが今もなお続いているとしたら……つまり人間がこれからも進化する生き物だとしたらね。あなたの生き方は最高だ。満点の人生だよ。

——それはちょっと褒めすぎじゃない？

Hは照れ笑いを浮かべながら、ややあってから尋ねた。

——もしオトーサンにあと三〇年の命があったとしたら、私にいくらくれますか？

——それは、寿命を分けてあげられたら、ということ？

——そう。

〈十年、いや半分ずつの十五年がいいか……〉

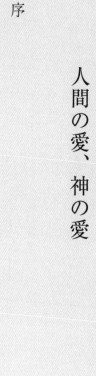

渡の答えを待たずに、Hは横を向き、手でさえぎるようにしながら言った。

――いいです。それでいいです。

そして何かを思い出したように言った。

「オトーサンは覚えていないかもしれないけど、前にこう言ったんだよ。Hさんのためなら命、捨ててもいいって。代わりに死んでもいいって。それを聞いて私、すごく感動したんだよ」

Hは物憂げに水割りを口にする。

〈人間はズルい！〉

渡には、つい先日耳にしたHの言葉が頭に浮かんだ。

まるで仕事が終わるのを待ち構えていたかのように、帰りの駅に向かう渡の携帯が鳴った。

「あ、オトーサン、今どこ?」

「もうすぐ新宿駅から電車に乗るところだけど」

「じゃあ、三〇分後に駅前の、あの初めて行った居酒屋の前にいますから。今日は酔っ払いたい気分なので、つき合ってください」

八年前初めて二人で入った、居酒屋の前には、もうすでにアルコールが入っているらしいHが待っていた。

全国にチェーン店があるその居酒屋は、八年前そのままにそこにあった。この店に入るのもあの日以来である。まだ午後六時を回ったところで、客の数もまばらだった。

二人は前回座ったのと同じテーブル席に着いた。

あの時、渡は生き造りの刺身を注文した。韓国人には珍しくて面白いかなと、気を利かせたつもりだった。ところがHは、それを見たとたんに、渡が思ってもみなかった反応を示した。まるで怯えたように震えだしたのだ。どうしたのかと訊いても、俯いて首を振るばかりだった。

確か韓国では、刺身を食べる習慣があると思ったのだが……。

まさか、生き造りが残酷だとでも感じているのだろうか。

もうすぐ三〇歳になろうかという大の男が……。

それほどナイーブな青年なのだろうか？

興醒めした渡は、二、三口箸をつけただけで、それを下げてもらったのだった。Hがハエや蚊さえ殺さない人だと知ったのはその後のことである。

その時の話になった。

「あの後、日本へ来て最初の詩ができました。『食卓の上の殺生』という題です」

その詩は以前聞いたことがあった。

人間は好むと好まざるとにかかわらず、殺生にかかわっている。人間も動物も同じ。悲しい生き物である。

そんな風な内容だった、ように記憶している。

「今日、散歩していたらオヤジさんに会いました」

オヤジさんとは、八年前に住んでいたアパートの大家さんのことだ。初めて会ったころは糖尿を患い、歩行も困難で、左目の視力がほとんど無くなりかけていた。それがHの全身マッサージによって奇跡的に快復した。杖なしで普通に歩けるようになり、当時はふさがりかけていた左目も、今では右目と同じほど大きくなり、元気な光を宿している。

「声を掛けたんだけど、向こうは初めのうちは全然気づかなかった」

「それは、髪型もずいぶん変わったからなぁ」

以前は肩より伸びた長髪を、後ろでひとまとめに括っていた。今ではスポーツ刈りのようなショートカットだ。顔つきも昔よりかえって若くみえる。Hは長らく、白血病の治療のため入院していた。抗ガン剤の影響で、日に日に自慢の長髪が抜けていった。毎日、ナースたちの気の毒そうな悲しげな表情を見るのに耐えかね、ある日彼は、髪の毛をすっかり剃ってしまった。そしてその病院で二度ほど死にかけた。実際、完全に心肺停止の状態までいったらしい。その後、新たに生え始めた毛髪は、黒々として艶があり張りがある。ショートカットのせいもあって、より精悍な顔つきになった。全体的に若返った(生き返った?)印象を受ける。

「人間はズルい」

口元まで運びかけていた、渡のビールのグラスが一瞬、その場に凍りついた。

「人間はズルいんだよ」

奥底から搾り出すようなHの声がする。

渡はまだ、Hの心情を量りかねていた。

「人間は忘れるんだ。そのうち私の事なんか、みんな忘れてしまう。私がいなくなったら、みんなは忘れてしまうんだ」

「そんな事はないさ！　少なくともうちの家族や、風間さんたちは忘れないよ」

「オトーサン、オトーサンは私の事、いなくなっても忘れないでいてくれますか？」

「当たり前でしょう」

Hは右手を突き出した。

二人は見つめあい、恒例の握手を交わす。

互いに握り合った右手の親指を突き合わせる、H流の握手である。

「オヤジさんに会った後、ひとりでウィスキーを一本空けました。無性に酔っ払いたくなって。新宿へでも行って、ひとりでもっと飲もうかと思ったんですけど。そうだ、付き合ってくれる飲み友達がいた、と思って電話しました。ご迷惑じゃなかったら付き合ってください」

うん、うんと頷きながら、渡はメニューに手を伸ばす。

「じゃ、日本酒にしましょうか？　とことん飲みましょう」

二人は枡酒を飲みだした。


それにしても、〈人間はズルい〉とは……

渡は先日の居酒屋でHが口にした言葉が、耳について離れないでいる。

確かに、「今回は九十六％神の資格をもって日本に来ました」とは聞いていたが、あれだけ人間であることにこだわっていたHの口から、そんな言葉が出るとは……

彼と初めて出会ってからいつの間にか八年の歳月が流れた。

もう八年か……

渡とHのいるスナックバーでは、マイルス・デイヴィスの『イエスタデイズ』が流れている。マイルスの演奏するリリカルなトランペットの音色が、店内に響き渡っている……。

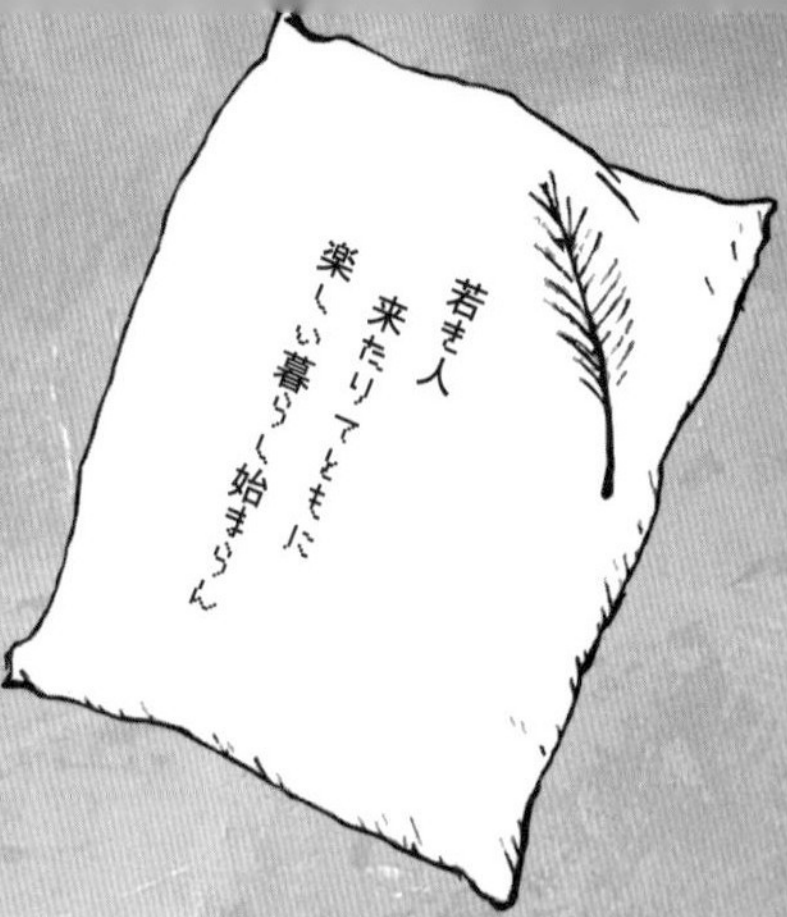
若き人
来たりてともに
楽しい暮らし始まらん

# 出逢い

ピンポーン。ドアチャイムが鳴った。

思い起こせば、これが不思議な男との運命的な出逢いを告げる序章ベルだった。

外はうららかな春の日差しがふりそそいでいた。勉強が一段落したのと、そろそろお腹も空いてきたので、散歩がてら昼食にしようと、詩織は図書館を出た。今年の大学受験に失敗し、一浪生活を余儀なくされたものの、まだ予備校の授業は始まっていない。どこか宙ぶらりんな感じ。これが浪人？……私の座る席は見つかるのだろうか……。

盛りの過ぎた花びらの舞う桜の木の下で、詩織はとりとめのない感慨にふけっていた。

「エクスキューズ・ミー」

はっと我に返って声のした方を振り向くと、黒っぽい帽子をかぶって人懐っこそうな笑みを浮かべた男が立っていた。長身、長髪でスリムな体型をしている。それと、何て綺麗な目をした人なんだろう、と詩織は思った。いったい、どこの国の人だろう。

「郵便局へはどう行ったらいいですか？」

相変わらず笑顔を振りまきながら、男は英語で尋ねた。

これまで外国人と一対一で英語を話したことがなかった詩織は、すっかり戸惑ってしまった。英語で道順を教える自信もない。

でも、悪い人ではなさそうだしと思い、詩織は散歩がてら郵便局まで道案内をすることにした。

「ガイドしますので、付いてきてください」と言って、詩織は歩き出した。

男も後ろから付いてきたが、やがて急に走り出した。

どうしたのだろうと見ていると、道端にあった綿毛の付いたタンポポを摘み、フゥッーと息を吹きかけた。すると白い綿毛は風に乗って、ふわふわと気持ちよさそう

に飛んでいった。

それを見た詩織は、何だかとても気分が軽くなったように感じた。

郵便局で用事を済ませた男と詩織は近くの喫茶店に入った。

男はコーヒーを、詩織は紅茶とサンドイッチを注文した。

普段なら、初対面の男性と一緒に喫茶店に入るなど、詩織には考えられないことだったが、別に違和感はなかった。自分が至極、自然な流れに沿って行動しているように感じていた。

男はHと名乗った。

二八歳で独身。韓国でテレビドラマの脚本家をしていると言う。

Hと名乗った男は、ところどころ英語を交え、片言の日本語でしゃべり始めた。

実は、某放送局の仕事を依頼されて、初めて日本へ来たのだが、来るときの飛行機で一緒になった日本語を学びにきた留学生たちとすっかり意気投合し、仕事はキャンセルして、現在は彼らと同じ日本語学校へ通っていると言う。

礼儀正しくて、真面目そうにみえるが、かなり破天荒な面も持ち合わせているようだ。

〈父とは気が合いそう〉

詩織は何となくそう思った。

詩織の家は父の渡と母の裕子、それに弟の透の四人家族である。詩織の両親はともに日本語教師の資格を持っている。

そのことをHに話すと、是非一度紹介してほしいと言う。それでは都合のよい日に家へ来てもらって、家族に紹介しましょう、ということになった。

こうして、不思議な運命の糸に導かれるようにして、男は立花家へやって来た。


裕子は不思議な気分に包まれていた。

二週間ほど前、裕子は友人と町田で落ち合い、雅楽コンサートに行った。コンサート会場で彼女の友人の藤本さんと知りあった。

コンサートがひけた後、女三人でお茶を飲みながら、裕子はいつしか日頃の悩みを打ち明けていた。夫がリストラされ、次の仕事がなかなか見つからず、このままでは生活

が立ち行かなくなるだろうということを。

それを聞いていた藤本さんは、自分の知り合いにとても霊感の強い人がいると言う。時々、神のお告げだと言って、自動筆記したものをみせてくれるそうだ。役に立つかどうかはわからないが、相談してみるから住所と名前をメモしてくれれば、そのうち何らかのメッセージが届くだろうということだった。

その場は興味本位でメモを渡したものの、裕子はもうすっかりそのことを忘れていた。

だが、昨日そのメッセージが届いた。

「若き人
　来たりてともに
　　楽しい暮らし始まらん」

もしかして、これから来る人がその〝若き人〟なのだろうか……。

ピンポーン。ドアチャイムが鳴った。
詩織に促されて男が姿を現した。

# Hと立花家の人々

約束の時間にHはやって来た。これが渡との二度目の顔合わせである。

前回の訪問で彼が日本語学校へ通っていることがわかったので、渡と裕子とが分担して個人レッスンをしようということになった。昨日が裕子の受け持ちで、今日が渡の番というわけだ。

立花夫妻は二年ほど前にそろって講習を受け、日本語教師としての資格を持っていたし、レッスンの経験もあった。

「ウッヂュー・ライク・カフェ?」

少し緊張ぎみの彼に向かって、椅子をすすめてから渡は尋ねた。

「オー・イエス・プリーズ」

当惑したようにHは答えた。

「昨日のレッスンはどうでしたか？」

コーヒーを沸かす用意をしながら、渡は英語で訊いた。

「ベリー・ハード。とても難しかったです」

昨日レッスンした内容については、あらかじめ裕子から聞いていた。主に動詞の活用形について練習したらしい。

「テ、タ、ナイ、マス」

人差し指でリズムをとって、テーブルを軽く打ちながら、Hは昨日のレッスンを再現してみせた。

「テ、タ、ナイ、マス」と何回か復唱した後、先生役の方が「歩く」と言う。すると生徒の方は、「歩いテ、歩いタ、歩かナイ、歩きマス」といった具合に、答える方式の練習だ。

Hはコーヒーを飲みながら、徐々に緊張がほぐれてきた様子だ。

「昨日の先生は厳しかったです」

二時間のレッスンの間、ずっと緊張し通しだったと言う。

「私の答えが途中で少しでも詰まると、先生は『テ、タ、ナイ、マス』とそれで（と、

筆立てにあった物差しを指差して）、テーブルを強く叩きながら、私の顔を怖い顔でにらみました。私は怖くなってますます答えられなくなってしまいました。本当に怖かったです」

裕子の表情を真似るHの顔から、その時の鬼気迫るような妻の形相が浮かび、思わず渡は爆笑してしまった。つられてHの表情も緩む。

「それに比べて、今日は優しい先生で、英語で会話もできるし、リラックスできて天国にいるような気分です」

またまた二人は顔を見合わせて爆笑した。

渡と裕子が二年前に習った、日本語教師を養成する講座では、日本語以外の言葉を使わないで教える、というのが原則だった。

裕子は忠実にその原則に従った教え方をしたわけだ。

渡の考え方は違った。

個人レッスンの場合は、コミュニケーションをする前の段階での雰囲気づくりがとても重要なことだと思っている。互いの気心を通じ合わせることが先決、というわけだ。

そのための手段として、互いの共通言語が英語であるならば、最初は英語を使ってもかまわない、と思っている。

やがて二人は、和やかなムードでその日のレッスンを終えた。

ともかくこの、「テ、タ、ナイ、マス」というフレーズは、その後Hが来日するたびに、折に触れ、引き合いに出して、裕子をからかうことになる。

娘の詩織が、道端で知り合ったという外国人に対して日本語のレッスンをしてほしいと言うが、一度ぐらい会っただけでは、どんな男かまだよく分からない。

娘に変なムシがつかなければいいが……。裕子は警戒していたのだ。

たとえいい人でも、詩織はいま浪人生で、男の人と付き合っているどころではないのだ。

それと裕子は今まで団体レッスンをしたことはあるが、個人レッスンの経験はなかったので、いささか緊張もしていた。

個人レッスンの場合は、最初の印象が肝心だ。ことに、女だと思ってナメられてはいけない。

こうして、裕子のHに対する最初のレッスンは、裕子の警戒心と緊張感が重なって、猛烈に厳しい授業になったのである。

渡はHに最初に会った時から、何となく初めて会った相手のような気がしなかった。いわゆる、既視感《ディジャヴ》というやつである。

それと初対面の時に、Hから手土産としてウィスキーをもらっていたのも、渡の心象をよくしていた。

渡は物に対する欲求はあまりない方だが、酒だけは別なのである。

その後、Hがちょくちょく家へ来るようになって、渡にとって一番嬉しかったのは、飲み相手ができたことだった。

会社勤めをしていた頃は、二日にあけず飲みに行っていた。

上司の悪口や、時の政治家の批判をした。好きな野球チームや競馬の話で盛り上がった。会社の連中の他にも、大学時代のサークル仲間や友人たちとも飲んで、カラオケに行ったりして騒いだ。

金曜日の夜などは、明け方まで飲むことがしょっちゅうだった。

それが最近はぱったりとなくなった。

飲みに行こうにも、先立つものがないからである。

これまで飲みに行っていた友人たちからも、ぱったり誘いの電話がなくなった。

渡が会社をリストラされたという情報が入ったからだ。

「元気を出せ！　俺のオゴリでとことん飲ませてやる」

そんなことを言ってくれる太っ腹の友人は、渡の周りにはいなかった。

一人だけ思い当たる友人はいたが、今は九州の実家に帰って、会計事務所を営んでいる。

金の足りない時というものは、いくら算段してかき集めても、あと一歩及ばないということが多い。あと十万あれば、せめてあと五万あれば、という具合に……。

渡には住宅ローンを含め、株や先物取引の損失など、総額三千万を超える借金がある。

渡の家が抵当に入っている銀行から、借金取立ての催促があり、これ以上入金が滞ると、家を競売にかけなければならないという連絡が入ったことがあった。

実家の親から金をもらい尽くし、兄弟からもこれ以上借金できない状況に追い込まれていた渡は、意を決して友人たちに電話をかけた。

どれもつれない返事だった。

唯一、九州にいた友人だけが、二つ返事で十万円を送金してくれた。

渡は何とかそのお陰で、急場を凌ぐことができたのである。

その時のお金は渡にとって、本当に有難かった。

彼だけが独身で、他の友人たちと違って、自分の一存で自由にできる金があったからということもあるかもしれない。

でも、こういう友人こそは、本当に自分にとっての財産だと、渡は思った。

〝その人の価値は持っている友人で決まる〟という言葉があるが、自分にはその友人ひとり分の価値しかないのかな……とも渡はしみじみ思ったものだ。

もちろん、妻や子供たちは渡にとっては、かけがえのない財産だ。

普通なら、とっくに離婚され、家を売り払って借金を清算し、渡はホームレスにでもなっていたかもしれないのだ。

Hは、これまで渡が会ったどんな友人たちとも違った。

自分より十六歳年下だが、まるでスケールが違う。今はテレビドラマの作家をしているらしいが、かつてはシンガーソングライターや僧侶をしていた経験もあるらしい。

「借金のことは忘れてください。半分は私が何とかします」と言う。そして、

「自分を捨てることです」と言う。

渡は、とっさに夏目漱石の言葉〝則天去私《そくてんきょし》〟が頭に浮かんだ。漱石が晩年にたどり着いた人生観である。それをHに言うと、

「オトーサンは頭で考えています。頭で考えることこそ捨てるのです」と言う。

そして、自分が師匠《サブ》について、山で修行したことを話してくれた。

まず、師匠《サブ》から言われたことは、「これまでの知識を全部捨てなさい」だった。

Hは子供の頃からずっとトップの成績を収め、韓国で最大の難関であるS大学に入学してからも、トップクラスの成績で卒業した。

そんな彼が「これまでの知識を全部捨てる」ということは、その知識の上に成り立っていた思想や哲学的なものの見方、己の知的存在基盤をいったん全て捨て去って、生まれ

たての赤子のような状態に戻ることに他ならなかった。

座禅や瞑想に明け暮れる毎日を過ごしたHは、修行に没頭するあまり、ついには言葉を忘れる状態にまで陥ってしまった。

実際、師匠《サブ》の問いかけに対して、答えることはおろか、自分の名前すら出てこない有様だった。

やり過ぎたと思った師匠《サブ》が、催眠術を解くような要領でHを徐々に覚醒させ、ようやく元通り喋れるようになったのだった。

そうした凄まじいまでの修行を経て、ちっぽけな自我（小我）を捨て去ることによって、やがて悟りの境地（大我）への道が開かれたと言う。

そして、「みんなの幸せが私の幸せです」と言う。

「自分を捨てる」

「みんなの幸せが私の幸せです」

Hの言った、この二つの言葉は、Hを象徴する言葉として渡の胸にずっと刻まれていくことになる。

五月の第二日曜日、母の日のことである。

裕子がパートに出掛けるのと入れ代わるように、Hがやって来た。家には渡と詩織、詩織より三歳年下の弟、透がいた。

「これからみんなで家の掃除をしましょう」と言う。「その前にちょっとお参りをさせてください」と渡に断ってから、Hは二階へ上がり、渡たち夫妻の寝室にある仏壇の前に座った。トレードマークのようにいつもかぶっている帽子を脱いで、ろうそくを灯し、線香に火をつけた。それからお鈴《りん》を三度鳴らし、何やら韓国語らしき言葉でお経を唱え始めた。

渡たち三人は部屋のドアのそばに立って、それを見ていた。

お経はなかなか終わらなかった。

いつしか、お経を唱えながら立ち上がり、それから畳に額をこすりつけるように低頭した。その動作を何度か繰り返した。

徐々にペースが上がった。

お経の声が熱を帯びてきた。

ものすごいスピードで立ち上がっては低頭した。

三人は呆気にとられて見ていた。

やがて座り込んだかと思うと、お鈴《りん》を激しく乱打してお経は止んだ。

三十分以上は経ったかと思われたが、「お疲れさまでした」と渡が声を掛けると、「お待たせしました」と、涼しい顔をしてHは応えた。

「韓国のお参りはいつもこんなに丁寧にするのか」と訊くと、「時と場合によるが、正式にやると二時間以上かかることもある」と言う。

「さっきの、立ったり座ったりする動作は、日本では〝お百度参り〟と言って、神社やお寺で願い事をする時にやるみたいですが、実際に見たのは初めてなのでびっくりしました」

渡は、テレビの野球中継で見た、広島カープのファンが、外野スタンドの応援席からメガホンを振りながら、立ったり座ったりして応援する様を、チラッと連想したが、この場には不謹慎かと思いそれを言うのは憚られた。

「ああ、はい。私の母《オモニ》は、それをやる時はいつも千回やります」

Hはしばらく二階を見回してから、「まず、詩織さんの部屋から始めましょう」と言った。

「ベッドを動かしますから手伝ってください」

これまで滅多に動かしたことのないベッドの下は、埃で一杯だった。

何かを思い出したかのように、Hは下へ降りると、やがてマスクを持って上がってきた。

「みんな、これをしてください」と言って、自分もマスクをした。

それからもう一度下へ降りると、いつもの帽子に加えて、なんとエプロンを着けて戻ってきた。

「カワイイ！」

それを見て詩織が声を上げて、みんなは珍妙なHの格好に思わず吹き出した。

「ファニイ（おかしいですか）？」

Hは笑顔で、われわれも同じ格好をするようにと身振りで示した。

「それにしても凄いな」

「こんな場所で寝ていたなんて！」と詩織が言う。

「今夜から部屋の〝気〟がチェンジします。グッドスリーピング！」

みるみるうちに掃除機に吸い込まれていく埃を見ながら、Hは楽しそうに言った。

透の部屋はもっとひどかった。

脱ぎ散らかした衣類やマンガ本、テレビゲーム用ソフトやCDなどで、それこそ足の踏み場もない有様だった。

Hはまずビニール袋を用意して、床の上に散らばっている物を種類ごとに分けて詰めていった。

床の上が片付いたら、机の上も同じようにして整理した。

次にベッドをずらすと、その下にも埃を被ったマンガ本があふれていた。

それも部屋の外に出してから、天井、壁、床と掃除機をかけていった。

それが済むと、下から水の入ったバケツとぞうきんを持ってきて、透に向かって、壁と床を拭くようにと指示した。

それから渡たち夫妻の寝室へやってきた。

あたりを見回しながら、少し考えているようだったが、意を決したかのように押入れに手をかけた。

二段に分かれた押入れの中は、蒲団以外に衣類やタオルなどであふれ、ちょっと見ただけでは洗濯済みかどうかも判らない。

「女性用の衣類はオトーサンに任せますから、協力してください」とHは言って、ひとつひとつ鼻に近づけては、「OK、ダメ」などと言いながら、分類して袋の中に入れていく。そして、洗濯済みの衣類をきちんとたたんで、収納ケースに納めていった。

時刻が午後一時を回ったところで、「自転車を借ります」と言って出かけたHは、テイクアウトの牛丼や飲み物の入った袋を抱えて戻ってきた。

Hはみんなに牛丼を配り、グラスを用意して子供たちに大きな紙パックのジュースを渡してから、やおら缶ビールを取り出した。

「オトーサン、どうぞ」と、渡のグラスにビールを注いだ。

「気が利くなあ」と、渡もHのグラスにビールを注ぐ。

「さあ、乾杯《トースト》！」

Hの音頭で四人はグラスを合わせた。

「お疲れさま」

渡の声に詩織と透が呼応し、Hはそれを聞き返してから、ぶつぶつと二度、三度、今聞いたばかりの言葉を復唱した。

「いただきます」というHの声を合図に、みんなは牛丼を食べ始めた。

日本へ来て、最初に食べた物が牛丼で、それ以来すっかり牛丼のファンになった、とHは言う。ビールも最初に飲んだ銘柄を贔屓にしているらしい。この牛丼とビールに対する嗜好は、その後もずっと変わらずに続いていく。

食事が終わり、渡が煙草を吸い出すと、Hは「私も失礼します」と言って、一緒に煙草を吸い始めた。

Hが、大きく吸い込んだ煙を天井に向かってふわっと吐き出すと、まるで天使の冠のような大きな煙の輪ができあがった。

皆が感心したように見ていると、今度は煙草の煙を含んだ頬っぺたの先を指先で軽く

突っつく様にした。すると、先程の天使の冠のミニチュア版が、いくつもいくつもHの口から出てきて、シャボン玉のように飛んでいった。

皆は思わず拍手をおくった。

Hの座興で場が和んだところで、階段と一階の部屋の掃除に取り掛かった。

台所が一番の難関だった。

換気扇の油汚れもひどかったが、特にガスレンジの周りには、油汚れの層が粘土のようになってこびり付いていた。

マイナスのドライバーを手にしたHは、丹念にそれをこそげ落としていった。

仕上げに、台所洗剤を付けたタワシで磨いていく。

やがて流し台は新品のようにピカピカになった。

階段、風呂場、トイレ、玄関と掃除し終える頃には、いつしか時刻は午後七時を回っていた。

居間の本棚の整理をしているところに、裕子が帰ってきた。

綺麗に片付いた部屋を見回して感激している裕子に向かって、「すみません。全部終わ

らせておくつもりだったんですけど」と、恐縮したようにHは言った。

本棚の片付けを終えてから、みんなで近くのレストランへ行った。

食事をとりながら、渡たちは口々に、「掃除中のHの超人的ともいえるパワーに驚いた」と、競うように裕子に話した。

透は「掃除の怪物だ！」と半ば呆れたように言った。

裕子には、Hが我が家の部屋の掃除をした意味が判るような気がしていた。

数日前、裕子はHに悩みを打ち明けていた。

知り合って一カ月以上経って、もうかなり親近感が湧いていたし、Hの方から、「何か悩み事があったら相談に乗りますから」と言われていたのだ。

裕子は五月の下旬には、単身で五日ほど四国の実家へ帰る予定になっていた。

毎年、暮れから正月にかけては、家族全員で裕子の実家へ帰省するのが、立花家の恒例行事になっていたが、今年は受験生がいて取り止めたので、その代わりだった。

渡がリストラにあって、四月から働いていないことは、まだ親には知らせていなかった。そのことを告げなければ、と思うと裕子の気は重く沈んでいた。

Hに悩みを打ち明けた二日後、「後で読んでください」と、たどたどしい日本語で書かれたメモ用紙をもらった。

まだ家族みんなの力が足りないが、もう少し時間がたてば必ずよくなる。その時がくるまで、今は辛抱の時だ。田舎へ行ってすぐに良い結果がでなくても、がっかりするな。三カ月後に、偶然良い事が起こる。頑張ってください。

パズルのような箇所もあったが、何とかこういう意味ではないかと読み取れた。最初の方に、みんなの力がまだ足りない、とあったので、Hさんは心機一転みんなの気力を高めるために、部屋の掃除をしてくれたのではないか、と裕子には思えたのだった。

# Z公園での出来事

雨上がりの青空が一面に広がった、六月の昼下がり、Hが家にやって来た。

その日は裕子が日本語レッスンの当番だったが、久しぶりのいい天気なので、公園を散歩でもしましょうということになった。

Z公園は家から歩いて一〇分ぐらいの所にある。

公園は久々の好天に誘われた人たちで賑わっていた。

入り口付近から左手一面にかけて、池が広がっている。魚釣り禁止の立て札が立っていた。

小学校一、二年生ぐらいの子供が、そこで魚釣りをしていた。傍の容器の中で、小さな魚が一匹泳いでいた。

すると、Hは突然子供の側へ行き、目線を合わせるようにしてしゃがみ込んだ。

「今から願い事をひとつして、その魚を放してやりなさい」と言って、子供の目をじっと見つめた。

子供は小首をかしげて何やら思案しているようだったが、やがて手を胸に当てて目を瞑った。それから目を開けた子供は、容器の中の魚を逃がしてやった。

それを見たHは、さも嬉しそうに「いい子だね」と言いながら頭を撫でてやり、ポケットから百円玉を取り出して子供の手にそっと握らせた。

子供は不思議そうに手の中の百円玉を見つめてから、はにかみながらHに「ありがとう」と言った。

Hは頷いて立ち上がり、また子供の頭を撫でながら「じゃあね」と言って別れた。

ベンチで語らうカップルたちを横目で見ながら、池を過ぎると、道幅が大きく開けて広場になる。

サッカーボールを蹴っている少年たち、バドミントンに興じる親子連れ、ブランコや滑り台で遊ぶ子供たちと、それを見守る母親たちの姿が目に映った。

時折、ジョギングする人や、犬を散歩させる人たちが通り過ぎる。

いかにものどかな、昼下がりの公園風景である。

たった今、滑り台を滑り終えた小さな女の子が、ヨチヨチ歩きで母親の許へと向かっていた。そこへ少年の蹴ったサッカーボールが逸れて、女の子目がけて飛んできた。

それを見たHは、すばやく女の子の方へ駆け寄ると、肩に抱え上げるや否や、手前で弾んだボールを一旦胸で受け止めてから、右足で軽くキックした。

ボールはふわっと浮き上がり、ちょうど少年たちの輪の中間あたりで軽く弾んだ。

「すみませーん」と言う声が、二箇所から同時に掛かった。

Hは少年たちに向かって軽く手を振ると、女の人の声がした方を振り向いた。女の子の母親らしい。心配そうな顔で何度も頭を下げ、「すみません」と繰り返している。

Hは、びっくりして今にも泣き出しそうな顔をした女の子に、うっとりしたように目を細めながら、頬ずりした。

女の子の耳元で「大丈夫だよ」と言い聞かせるようにしながら、母親の許へと向かっている。

Hが子供を降ろすと、「どうもありがとうございました」と、母親は深々と頭を下げた。

「どういたしまして」と、その場を去りかけた彼は、振り向きざま、ポケットからキャンディーを取り出して、「ハイ」と女の子の手に握らせた。

女の子は、恥ずかしそうに「ありがとう」と言う。

Hは「カワイイ！」と叫んで、女の子を抱き寄せ頭を撫でながら、ほっぺたにチュッとキスをした。

女の子は困ったような顔で照れ笑いを浮かべた。

母親もつられて微笑んだ。

「バイバイ」とHが手を振ると、子供も母親も満面の笑みを浮かべて、「バイバイ」と手を振り返した。

梅雨晴れの日差しを浴びながら、体と共に心も温まっていくのを、裕子は感じていた。

「さっきはどうもすみませーん」

Hに向かって、少年たちが声を掛けた。

するとHは、「ドーモ、ドーモ」と言いながら、少年たちと一緒になってサッカーボールを蹴り始めた。

素早い動きでボールをコントロールしながら、少年たちに動きを指示し、走りこんでボールをパスしている。

ひとしきり動き回ってから少年たちと別れ、先を進んで行くと、道路を挟んでボート乗り場のある大きな池に出た。ボート乗り場の前には、おでんやたこ焼きの屋台なども出ていた。

左手の方に向かうと、池側にせり出した恰好の四阿《あずまや》がある。

そこでも小学校の三、四年生ぐらいの、二人連れの少年が釣りをしていた。

Hは自動販売機の方へ行き、今度は缶ジュースを二本持って戻ってきた。そして少年たちの方へ行き、また先程と同じことをしているようだ。

一休みしようと裕子が缶コーヒーを買って戻ってくると、缶ジュースを手にした少年たちは、Hに手を振り去っていった。

缶コーヒーの一本をHに渡し、裕子たちは四阿《あずまや》のベンチに腰を下ろした。

「釣りをしたことはあるの？」と裕子が訊くと、「釣りは好きです」とHは言う。

「でも私の場合は、キャッチ・アンド・リリースです」

自分が釣った魚を持ち帰ることはないらしい。

「いつごろからそうなの？」

「子供の頃、父親が私へのプレゼントだといって、まだ生きているサーモンを二尾くれました。高校へ入学した時だったと思います。私の入学祝いに、それを料理してみんなで食べようとしたんです。でもまだ生きて泳いでいるサーモンを見ていると、何だか悲しくなりました。カワイソウと思いました。父親に頼んで庭の池に放してやりました」

「広い池なの？」

「白い？」

「いや、池は、広いの？」と言って、裕子は両手を広げてみせた。

「はい、まあまあ広いです」

裕子は、自宅の庭に高価な鯉を何尾も飼っていた故人の政治家を一瞬連想したが、すぐ目の前に広がるZ公園の池を指差して、「広い池」と言い、Hにそれを復唱させた。そ

れから上空を見上げ、雲を指差して「白い雲」と言い、同じく復唱させる。

「広い池に、白い雲」

Hは自分に言い聞かせるように呟いてから、先を続けた。

「するとその年に、サーモンが子供をたくさん産んで、家にもいい事がありました」

どうやら、番《つが》いの鮭だったらしい。

それ以来、生き物を殺すことはできなくなったと言う。

裕子は、渡から聞いた居酒屋での出来事を思い出していた。

生き造りの刺身を見て、震えていたということ。

その後で、「食卓の上の殺生」という題の詩を書いたということを……。

裕子はHという人物が少し理解できたような気がした。

それに子供好きな一面もある。

「子供が好きなんですねぇ」

「ええ、子供は大好きです。

特に、赤ちゃんは大好きです。

本当に、天《そら》からのプレゼントだと思います」
Hは嬉しそうに、遥か上空を見上げた。
辺り一面に爽やかな風が吹いて、新緑の木々を揺らした。

# Ｈの生い立ち

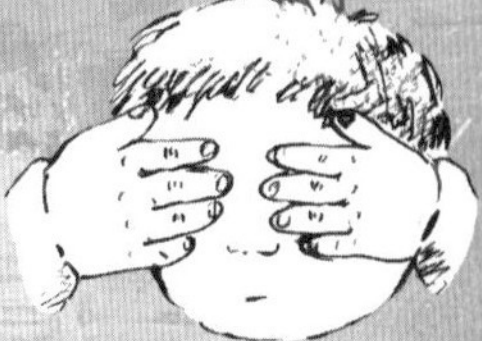

渡夫妻によるＨへの日本語レッスンは、なおも続いていたが、それほど上達している様子ではない。日本語学校で周期的に行われるテストの成績も、あまりよくないようだ。まじめに授業に出ているのかと訊くと、どうもそうではないらしい。

電車に乗って学校へは向かうが、最寄り駅から学校へ行く途中の道で、クラスメイトや、彼らを通じて知り合った連中に出会うと、授業に出ないで彼らの相談事につきあってしまうらしい。いろいろな悩み事を聞いて、アドバイスをしていると言う。

たまに授業に出た時も、放課後は、Ｈ先生による人生相談講座が開かれる。

今では曜日ごとに、Ａグループ、Ｂグループといった具合にいくつかのグループに分かれて、悩み事の相談に乗っている、と言う。

その日本語学校に通っているのは、中国などアジア国籍の生徒がほとんどだが、圧倒

的に韓国人の生徒が多いらしい。

韓国人同士でプライベートな話をすれば、当然、韓国語でのやり取りになる。

授業にほとんど出ないで、自国語ばかり使っていたのでは、いくら日本で生活していても日本語が上達しないのは当たり前である。


もとはといえば、Hは某放送局の仕事で来日したのだが、飛行機の中で日本語学校へ通う生徒たちと意気投合して、そのまま彼らの下宿に住み着いてしまった。

最初の二カ月間、家賃や光熱費を全員分、支払っていたと言う。先のことはあまり考えない性質らしい。とにかく今の自分に余裕がある限り、他人にも還元しようというわけだ。

下宿人はみな苦学生だから、Hが来てくれたことを大歓迎した。下宿代は払ってくれるわ、いろいろな悩み事の相談に乗ってくれるわで、まさに引っ張りだこの人気者だった。

ところが現金なもので、Hの資金が底をついてきて家賃を払わなくなった頃から雲行きが変わってきた。

代表格の男が、家賃や光熱費を細かく人数割りした計算書を持ってきて請求しだした。

それに女性問題もからんできた。このアパートには男女ほぼ同数の学生が住んでいる。Hをめぐって女性たちの仲が何やらギクシャクし始めたのだ。

はっきりいって、Hは女性にモテるタイプである。それも相当に。

整った顔立ちの男前で、背が高く、スタイルもいい。

S大学卒の秀才である。

運動神経も抜群だ。

ドラマ作家としての社会的ステイタスもある。

独身である。

どうだ、まいったか！　というくらいモテる条件が揃っている。

加えて、人柄がいい。

人に優しく、面倒見がいい。

時には相手のためを思って、かなり厳しいことも言うらしい。

相手が男性の場合は、反発して言い争いになるケースも多いだろう。

気の強い女性の場合も、最初は反発することもあるだろう。ただここで、相手の女性心理の潜在意識のなかに、一種の誤解の芽が生じるのではないか、と思う。

これだけ自分の事に親身になってくれるのは、自分に気があるからではないだろうか。自分が彼にとって特別な存在だからではないだろうか、それも女性として……という具合に、知らず知らず潜在意識にすり込まれていくのではないだろうか。

Hにとっては迷惑な話である。

男女の別なく、人間としての生き方をアドバイスしているのであって、彼の根底に流れているのは人間愛である。

男女間の恋愛などはるかに超越しているのだ。

渡にしてもHとつき合い出した頃は、それがよく分からなかった。

一緒に話をしていて、握手はいいにしても、いきなり抱きついたり、頬ずりしたり、こちらの膝に手をやったりする。これは単なる韓国流のスキンシップなのだろうか？ いや、女性より男性の方が好きなのだろうか？ もしかして、その気《ケ》があるのかもしれない。だったらどうしよう……気持ち悪いな。

と、本気で悩んだこともあったが、それは杞憂に終わった。

さて、下宿における女性問題である。

Hをめぐって女性同士の火花が散った。

Hがあまりに女性たちにチヤホヤされると、男性陣としても面白くない。あからさまに嫉妬する者もいた。Hと男性たちとの間に溝ができ始めていた。

そんなある日、Hが日本語学校から戻ると、下宿の前には黒塗りのハイヤーが停まっていた。

Hの父親は会社の社長をしている。

その会社は、韓国でも有数の財閥グループに属し、なかでも中心的役割を担っている。

つまり、Hの父は財閥の総帥であり、Hはその御曹司というわけだ。

常日頃から父はHに、「作家など辞めて、早く俺の跡を継げ」と言っている。

定期的に見張り役をつけて、Hの行動を監視しているらしい。

日本で、あるテレビ局の仕事をしているはずが、どうもそうではないらしいと知って、連れ戻しにきたのではないか。そう思ってみると、アパートの中は何やら、ただな

らぬ気配がする。

身の危険を察知したHは、とにかくその場を離れることにした。

何処へいけばよいか……

Hの脳裏に浮かんだのは、渡たち一家の家だった。


「そんなわけで、オトーサン、オカーサン、詩織ちゃん、透くん、父《アボジ》が韓国へ帰るまで、ここにカクレンボさせてください。お願いします」

「お父さんに会いたくないの？　せっかく日本まで来てくれたのに」と詩織が尋ねた。

「韓国に連れ戻されるのが嫌だから、こうして逃げて来たんじゃないか」と、渡がHの代弁をする。

「もし家《うち》の親父が大企業の社長だったら、俺は喜んで跡を継いでやるのになぁ。勿体ないなぁ」と透が言う。

「いくら将来トップの座を約束されているといっても、会社に入るということは組織の一員になるということでしょう。Hさんはきっと、そういうものに縛られるのが嫌なのよ。

もっと自由な生き方をしたいんじゃないかしら」

「裕子、お前よくわかるなぁ」

「お父さんを見てたらわかるわよ。会社勤めなんて、ちっとも楽しそうじゃなかったもの。日曜日の夜になると、いつも憂鬱そうな顔をして。そのくせ木曜日あたりからどことなくウキウキしてて。金曜日の帰りはいつも午前さまだったじゃないの」

「おいおい、話が逸れてるぞ。Hさんのことを話してるんじゃないか！」

「オトーサン、オカーサン、ケンカしないでください。私のことでゴメイワクかけます。すみません」とHは盛んに恐縮している。

「でもビジネスマンがイヤ、だけじゃないんです。私の父、ウラでたくさん悪い事してます。あれだけビッグビジネス（大企業）になるのため、ショウガなかったかもしれませんけど……あ、ショウユならありますよ」

突然、どこで習ったのか変なギャグを飛ばすHに、ニヤニヤしている渡を除く三人は、キョトンとした顔をしている。

「ここ、笑うところでしょう」と笑顔でHが言った。

「そんな駄洒落、どこで習ったの？」と苦笑まじりに裕子が訊く。

「オトーサンから習いました。オトーサンは私の日本語ジョークの先生です」

「お父さん、日本語のレッスンの時に、そんな事ばっかり教えているんじゃないでしょうね」

「いや、そんな事はないけど、駄洒落は言葉遊びというぐらいで、その国の言葉に興味をもってもらうのには近道になると思って」

「親父から習った駄洒落ばっか使ってると、変な外人って言われるよ」と透も窘《たしな》めるように言った。

「じゃ、代わりに私がオトーサンにハングルのダジャレを教えますから、オトーサンも韓国に来たら変なガイジンになる。一緒、イッショ」とHは嬉しそうに、渡に握手を求める。

「それでHさんの父親《アボジ》の話はまだあるの？」とHと握手を交わしながら、渡は先を促した。

「そうそう、父の会社は税金いっぱい、カクレンボしています。そのお金、政治家や役

人の……、これ何て言いますか?」と言って、Hは左腕を持ち上げ、右手を左の脇の方へ振ってみせた。

「袖の下」と透を除く三人が声を揃える。

渡は近くにあったメモ用紙に、「袖の下——賄賂、税金のかくれんぼ——脱税」とHに、ルビを振って書いて見せた。

「税金のかくれんぼ、というのは面白い表現だなあ。一種のH語録だな」と渡は呟いた。

漢字表記は減りつつあるとはいうものの、韓国は日本と同じ漢字文化圏なので、漢字でいくらか意味が通じる点は便利である。この後も、Hとの会話ではメモ用紙とペンが頻繁に使われることになる。

「ダツゼイですか。ウソの申告でしょう。私、ウソはできません。それと、父の周りはいつもボディーガードが付いていて、それはみんなヤクザです。家の前にもいつも立っています。

私は子供の頃から、歩いて学校へ行ったことはありません。朝は、父のボディーガードが運転する車に乗って校門の前まで行きます。授業が終わると、やはり校門の前に車

が待っているんです。みんなが友達同士で喋りながら帰るのを見て、とても羨ましく思っていました。

家に帰ると、家庭教師が待っています。曜日ごとに違う家庭教師が来ました。月曜日は国語の、火曜日は算数の家庭教師というふうに。

テストはいつも百点とるのが当たり前でした。十二科目でいつも私は、千二百点でした。

一度だけ、平均点が九十六点の時がありました。それでも学年でトップの成績でしたが、父は凄く怒りました。『こんな成績をとる子は、顔も見たくない。しばらく反省しろ』と言って、私を夕食抜きで納屋に閉じ込めました。

暗い所でお腹も空き、心細くなって泣いていると、夜中に母《オモニ》がこっそり、オニギリとキムチを持ってきてくれました。あの時の、母のオニギリとキムチの味は今でも忘れられません」

Hは遠くを見る目付きで、思い出に浸っているようだった。

韓国は日本以上に学歴偏重の社会といわれている。Hは厳格な父と優しい母のもと、

勉強漬けの幼少時代を送り、無口な性格だったと言う。

「でも、小学校四年の時、弁論大会に出て、小学校の部で全国一位になりました」

それは子供ながらに、愛国心が発露する内容だったそうだ。

「父はたいへん喜びました。さすがは俺の息子だと言って」

その日を境に、無口な性格が変わったらしい。

ところが、それまで最も尊敬する対象であった父親の存在が、ガラリと一変する事件が起きた。

Hが高校時代のある日、母方の伯父が臨終間際にHを病室に呼んだ。そこでHは驚愕的な自分の出生の秘密を知ることになるのである。

「お前のことで、周りのみんなが隠している事がある。お前の父親からきつく口止めされておったんだが、ワシには残された時間がない。今ここで喋らなければ、お前は一生それを知らないで過ごすかもしれない。ワシはもう、お前の父親にどう思われてもかまわんから、この際お前に真実を伝えていくことにする。その方が結局はお前のためでもあり、ワシも心置きなくあの世へ旅立てるというもんだ」

Hには二歳年上の姉がいる。

だが実は、この姉とHとは双子だというのだ。

「男女の双子は縁起が悪いという口実で、生まれてすぐにお前はこっそりアメリカの病院へ移された。そしてアメリカの国籍を取得して、そのままそこで幼児英才教育を施された。やがて三年後にこっちへ連れ戻されたお前は、戸籍上では一年前に生まれたことにされたのだ。裏ではさぞかし、病院関係者への口止め料や、役人たちへの賄賂が使われたことだろう」

事情を知っている周囲の親戚たちには、父が緘口令を布いていたというのである。

「その後はお前も知っての通り、科目毎に専属の家庭教師がついて勉強漬けの毎日を過ごしたのだ。ワシから見れば、お前は英才教育実験に使われているモルモット、いや、父親の自尊心のための道具のようだった」

その事実を知った時のHのショックは並大抵ではなかった。

――自分はこれまで、学力も体力も学年の中ではずば抜けてトップだった。だが、それもこれも、二歳年下の子供たちに混じって、「お山の大将」を演じていただけではない

か……。しかも、父親が無理やり敷いたレールに乗っかって！

これまで築き上げてきたＨのプライドは、音を立てて脆くも崩れ去った。

誰もが一度は通る反抗期だが、人一倍父親を尊敬していたＨにとっては、その反動は凄まじかった。

それ以来、Ｈは家出をして友人たちの家を転々とする毎日を送った。

思想も一変した。

権力にものを言わせて事実を隠蔽し、戸籍まで捏造する父のやり方に対し、物凄い憤りと反発を感じた。これまで父の振るった権力の犠牲になって、泣いている人たちが何人もいるに違いない。

Ｈは弱者の視点からものを見るようになったのである。

やがて学生運動のデモに参加するようになった。

Ｓ大学の入試の時も、制限時間の途中で試験場を後にして、デモの会場に駆けつけたほどだ。

専攻も、医者か弁護士にという父の希望に対し、哲学科を選んだ。

日本では七〇年代に終息へと向かった学生運動は、韓国では八〇年代に山場を迎えていた。

Hはデモ活動で何度も留置場へ入れられたが、その都度すぐに、父親が裏から手をまわして釈放された。一緒に闘っている仲間に申し訳なくて、後ろめたい気持ちで一杯だったと言う。

こうした経緯を経て、Hの父親への屈折した感情は、今なお続いているのである。

# 詩織の日記

## （1）

Hさんが我が家に引っ越してきてから、一カ月近く経ちました。

目下、我が家の構成要員は家族四人とHさん、それに猫のアトムです。Hさんが来てから、みんなで話し合う機会が増えたりして、何だか家族の交わりが深まったような気がします。ただひとり透を除いては……。

透は高一で、思春期の難しい時期でもあるのでしょうが、家では食事の時以外はほとんど自分の部屋に籠もっています。でもあまり勉強している様子はなく、もっぱらＴＶゲームをしたり、音楽を聴いたりしているようです。そんなことではゆくゆくは、私のように浪人するはめになるのではないかと心配です。まあ、弟の心配をするよりも私は自分が来年大学入試に合格することが先決ですが……。

ところで猫のアトムというのは、去年私の友達からもらった一歳の雄猫です。子猫が六匹も生まれたのでよかったらどの子か引き取ってくれない、と言われ家族の同意を得て我が家の一員になりました。茶と白の縞猫です。当時は生後三カ月の子猫だったのに、今ではどうやら近所一帯のボス猫的存在になっているようです。

そのアトムに不思議な変化が起こりました。

それまで餌を与えると、キャットフードの缶詰から皿に移し変える間も惜しいかのように、ガツガツ食べていたのに、こちらが「よし」と言って背中を押してやるまでじっと座って待っているのです。

犬なら当たり前ですが、猫が〝御預け〟をするというのは聞いたことがありません。

Hさんが躾けたからです。

餌を前にしたアトムに対し、Hさんが何だかとても厳しく叱っているのを、時々見かけましたが、最初のうち私はアトムがかわいそうで見ていられませんでした。Hさんがアトムに向かって「シーッ！」と怒気を孕んだ声を掛けると、アトムは怯えたように首をすくめ、目を瞑って床に貼り付いたようになります。でもすぐに隙をみて餌を食べにい

こうとします。するとすかさず、頭を叩かれ「シーッ！」という声が飛んできます。アトムも気の強い猫なので、Hさんに向かって「ニャアー！」と抗議の鳴き声を上げます。

「あなた、私と勝負する気ですか？　やれるもんならやってみなさい。私は負けませんよ」と、Hさんはじっとアトムの目を見据えて言います。

「シーッ！！」

Hさんの一段と気合の入った声に、さすがのアトムもしゅんとなってしまいました。

頃合いを見計らって、「よし」と声を掛け、アトムの背中を押してやります。でもすっかりびびってしまったアトムは、その場に固まったようになったまま、なかなか餌を食べにいこうとしません。

「もういいよ」と言って、Hさんがアトムの頭を撫でてやり、お尻を持ち上げるようにして餌の方へ押し出してやっと、おそるおそるアトムは餌を食べ始めました。

「いつも決まった場所で与えられた餌を、飼い主の許可を得てから食べるという習慣をつけないといけないんです。そうしないと、もし誰もいない時にテーブルの上に食べ物があると、勝手にテーブルに上がって食べてしまうでしょう。そんなわがままな猫になっ

てはいけないし、だいたい不衛生でしょう」

私もHさんを見習って、同じ様にやってみたのですが、アトムはなかなか言うことを聞いてくれません。私が頭を叩いて叱っても、「シーッ！」と声を発しても、すぐに無視して餌を食べにいこうとします。

それを見て皆は、「アトムの飼育係さん、そんなことでは将来自分の子供を躾けるのに苦労しますよ」などと言ってからかいます。私は思い通りにならないアトムに段々腹が立ってきて、ヒステリックに怒りをぶつけるので、アトムはますます困惑したようにニャーニャーと抗議の声を上げます。

そこへ見かねたHさんが助け舟を出してくれました。

「アトム、シーッ！」と一喝すると、まるで借りてきた猫のように大人しくなりました。まず、「お座り」と言って餌の前に座らせます。手も内側に曲げさせて、しっかりと待ちのポーズを教えます。でもそのままの姿勢で十秒もすると、アトムは焦れたようになって、まだかと言わんばかりに鳴き声を上げます。するとすかさず、Hさんの「シーッ！」と言う

叱責の声が飛んできます。

そうした訓練を何度か繰り返すうちに、アトムは我慢して待つという事を覚えたのです。

今では家族のだれが餌を与えても、「よし」と言って背中を押してやるまで、餌の前でじっと待っているようなりました。それを見てHさんは、「アトム、お利口だね。お前もこの家に相応しい猫になったなぁ」と言って、アトムの頭を撫でてやりながら目を細めています。

# 優しいトランプゲーム

立花家では家族揃ってよくトランプをした。

詩織が中学生の頃、学校で休み時間に「大貧民」をするのが一時期流行った。昼休みの時間ともなると、教室のあちこちで、机や椅子を移動してゲームに興ずる光景が繰り広げられた。

「わたし、クラスの中では結構強いんだよ」

夕食後の団らんの折、詩織が得意げに話した。

「ルールを教えるから、みんなでやろうよ」

最初のうちは詩織がだいたい勝っていたが、やがてゲームのコツをつかんだ透がだんだん強くなっていった。

ファミコンを始めとするテレビゲームで育った世代である。学生時代を麻雀で明け暮れた渡たちとは違った、独自のゲーム感覚が養われているのかもしれない。

とはいうものの、「ドラゴンクエスト」のゲームには渡もすっかりはまってしまった。あの種のロールプレーイングゲームには、あちこちに謎が散りばめられていて、一つひとつ謎を解いていかなければゲームが先に進まないようになっている。そういう点が、ミステリー好きの渡が夢中になった要因だろう。

夜中遅くまでやっていると、気配を嗅ぎつけた透が起きてきて、傍で見ていることが何度かあった。後に妻の裕子に、「透の視力が落ちたのはあなたの責任だ」とまで言われてしまった。


やがてみんなは「大貧民」に飽きてきて、立花家のトランプ熱も醒めていったが、詩織が高校生になると、今度はクラスメイトと「ナポレオン」をやるようになり、またまた家族のみんなにルールを披露した。

しばらく途絶えていた立花家のトランプブーム再燃である。

「大貧民」もそうだが、ほとんどのゲームが個人戦であるのに対し、「ナポレオン」は二組に分かれて戦う団体戦である。ナポレオンと副官（ナポレオン軍）対敵方二人ないし三人（連合軍）の、合計四人か五人でプレイする。

ターン毎に手札を出し合い、Aと⑩を含めて合計二十枚ある絵札を取り合って、ナポレオン軍が最初に取ると宣言した枚数以上の絵札を取れば、ナポレオン軍の勝ち。取れなければ連合軍の勝ちである。

まず、最初に配られた手札を見て、例えば詩織が「クラブで十三枚」というように枚数とスートを宣言する。それに対して透が、「ハートで十四枚」というふうにオークション形式で数をつり上げる。最終的にそれ以上の枚数を宣言する者がいなければ、透がナポレオンで、切り札はハートになる。

このゲームの醍醐味は副官をめぐる駆け引きにある。ナポレオンである透は「副官はオールマイティ」などと声をかけて、そのカードを持っている人を副官に指名する。この時点では、当人以外は誰が副官かは分からない。副官の人も、自分が副官であることを連合軍に悟られないようにしながら、巧みにナポレオンをサポートしなければならない。

この立花家の「ナポレオン」にHが加わるようになった。

これまでも勿論、家族同士のゲームだから、金品を賭けているわけではなく、和気あいあいとした雰囲気でゲームが進められた。だが、詩織と透は勝ち負けに関してはかなり真剣に張り合っていたので、それなりに場に緊張感はあった。それが、Hが加わることによってすっかり変わってしまった。Hの何とも言えないほんわかとしたムードに、場が包み込まれてしまうのである。全く勝ち負けにこだわっている気配はないのだが、いつの間にか場を支配しているというか、Hの思い通りにゲームが展開していくようなのだ。

まず、全員にカードが配られると、Hがニコニコしながら言う。

「今度はオカーサンの番かな」といった具合に、勝ち組を予告するのである。

また、それがピタリと的中するのだ。まるで、相手のカードが分かっているかのように……。

透視？

超能力？

まさかね……と渡は思う。

あのミスターマレックも超能力があるように演出していたけど、結局あれにも〝種《トリック》〟があったじゃないか。

そうは思うものの、まるで天井にある鏡に映った全員のカードを見ながらプレイしているかのような、そんな何とも形容し難い余裕のようなものがHから感じられるのである。

それに、韓国でも4や9が凶数のようで、例えば誰かが④のカードを出すと、「私がラッキーカードで消してあげましょう。はい、ラッキーセブン」などと言っては、その場の戦略無視で⑦のカードを出してしまったりする。

「Hさんが入るとなんか調子狂っちゃうよ。こちらの読み通りいかないんだもんな」

透がブツブツ不満を漏らす。

「すみません。私へたくそだから。ルークン、ゴメンネ」

「でももう一寸、マジメにやってよね。真剣にやってくれないとゲームが全然面白くないじゃない」

「いや、こういうゲームも何となく優雅な趣があっていいじゃないか。なんか、こう、平安時代の蹴鞠を彷彿とさせるようで……」と渡が言う。

「それって、正月にテレビで観たことある」と詩織が口を挟んだ。

「何だよ？ そのケマリって」

「平安時代の貴族の遊びで、数人で輪になってサッカーのボールのような鞠を、ボレーキックの要領でトスし合うのよ。鞠が地面に付かないで、どれだけ長くトスしていられるかを競うゲームでね。だからできるだけ相手がとり易いように鞠を蹴るの。現代と違って、遊びにも相手への思いやりがあったのよねえ」

透の問いかけに裕子が答えた。

裕子は、日本の古代史や、伝統芸能などに関心が深いのだ。

「フーン……。でもゲームっていうのは所詮、勝負なんだから勝たなきゃ意味ないじゃん」と透は憮然として言い捨てた。

「人生は勝つ人がいれば、負ける人もいるんだよ。人は負けることでいろいろ学んでいくんだよ。勝ってばかりいたんじゃ、負ける人の心が分からないじゃないか。負ける人

の心の痛みを実感しないと、人に優しくなれないし、人間として大きくなれないんだよ」

「あー、さすがオトーサン。素晴らしい！」と渡を讃えるH。

「でも、ルークンの言うことも、オフコース、当然です。じゃ今度を最後のゲームにして、私とルークンで頑張って勝ちましょう」


「よし、今度は本気でやりますよ」

配られたカードを見てHが言った。

「じゃ、私がナポレオンになります。ハートで十七枚。他に立つ人はいますか?」

次に立候補するためには、それ以上の枚数を宣言しなければならない。

どこからも声が掛からないのを見はからって、Hは言った。

「それじゃあ、パートナーはハートのラッキー7」

「また、ハートの⑦かよ。それに十七枚なんて！　そんなん無理に決まってるじゃん！」

「あ、透が副官なんだ！」と詩織が言う。

「ルークン、頑張りましょう」

「これじゃ、十七枚なんてとってても無理だって！」

「為せば成る！ 兄貴を信じなさい！ じゃいきますよ。皆さん」

渡、裕子、詩織の三人はHの意気込みに呑まれたかのように、もう何とかナポレオン側に勝ってほしいと祈るような気持ちになっていたが、やがてターンが進むにつれ、既にその三人がそれぞれ一枚ずつ絵札を取り、いよいよ最後の一枚を出し合う局面となった。

ナポレオンであるHの前に並んだカードは十三枚。透の取ったカードはなかった。

即ち、このターンまでに十六枚の絵札が出揃っており、五人が残り四枚の絵札を持っている。その四枚を全て取らなければ、宣言した十七枚に届かずナポレオン側の負けである。

これまで、切り札であるハートはQと⑩しか出ていない。残っている絵札は強い順に、オールマイティである最強のスペードのA。切り札ハートのJ。つぎに強い切り札ハートのAとハートのKである。

この最終ターンで、スペードのAを出した者が残りの絵札全てを手にすることになる。

何かを確信している詩織は、困ったように、今にも泣き出しそうな表情を浮かべている。

渡と裕子は詩織の方を見やりながら、互いに視線を交わした。どうすれば……。

「ちょっと皆さん、私はルークンと約束しました。ルークンがこの勝負に勝つと。今からその為のちょっとしたお祈りをしますので、皆さんも私のお祈りが終わるまで目を閉じていてください。お願いします」

Hを除く四人は、言われた通り目をつぶった。

だが薄目を開けた渡は、視界の隅に捉えた光景に、思わず鳥肌を立てていた。

「……！」

Hが何か呪文のようなものを唱えると、詩織と透の持つカードからうっすらと湯気が立ち始めた。目を閉じている皆は勿論それには気づいていない。

「ハイ、皆さん。目を閉じてますよね。じゃそのまま最後の一枚出してください。イッセイノセ！」

Hの出したカードはハートのA。

渡のカードはハートのK。

裕子はハートのJだった。

そして詩織のカードがハートの⑦。

最強のカード、オールマイティであるスペードのAを出したのは、透だった。

「あれ、うっそー！」

詩織が思わず驚きの声を上げた。

透の手元には四枚の絵札が集まった。詩織と透の二人はお互いを見つめ唖然としている。

「オメデトウ、ルークン。それにオトーサン、オカーサン。あなたたちの勝ちです。詩織チャン、君が副官だったんだね！ゴメンネ負けちゃって。てっきりルークンが副官だと思っていたんだけどな。でもルークン、兄貴は約束を守っただろう。ルークンは必ず勝つって言っただろう」

「……俺、ずっと副官のつもりだったのに……何でこうなるんだよ……」

「ホント！何でこうなるんだろうね……。副官が私だったなんて……でも、残念！そ

れにしてもHさん、いくら何でも十七枚は欲張りすぎよ」

「ちょっとチャレンジしてみたんですけどね……。でも、この勝負は結構迫力があって、面白かったんじゃないですか？　ね、皆さん」


皆が各々の部屋に引き上げた後、居間で渡とHは水割りを飲んでいた。

「さっきのトランプだけどね、Hさん」

興奮さめやらぬ様子で渡が話しかけた。

「最後に透と詩織のカードを入れ替えたんでしょう？　どうやったのかは分からないけど、あれにはびっくりしましたよ！」と、つくづく感じ入ったように言う。

「いや実は、さっき目を閉じてと言われた時、こっそり薄目を開けて見ていたんです。すみません。そうしたら、何か湯気のようなものが詩織と透のカードから立ち上っていたように見えたんですよ。後になって二人の驚きようから、ひょっとしてこれはカードの中身が入れ替わったのかな、と思ったんですけど……、一体、どういうトリックですか？」

「オトーサンが目を開けていることは知ってましたよ。だから、わざとヒントを見せてあげたのです」と言って、Hは悪戯っぽくウィンクをした。

渡は訝しげに首をひねりつつ、手にしたグラスを一気に飲み干すとHに尋ねた。

「でも、それならいっその事、Hさんと詩織のカードを入れ替えれば、残りの絵札四枚は全部Hさんの許に集まって、ナポレオン側の勝ちになったじゃないの。それにハートの⑦を持っている副官の透も勝ったことになるのに」

Hは水割りをひとくち口に含むと、渡を見て言った。

「もちろんそれも考えました」

Hは吸いさしの煙草をくわえ、大きく煙を吐き出した。

「でもそれでは、私たちの取ったカードは確かに十七枚になりますが、透クンのカードは0枚です。これでは二人で協力して勝ったことにはなりません」

Hはフゥーと大きくため息をついた。

「透クンが最後までハートの⑦を手離さないとは思いませんでした。これが私の唯一の誤算です。おそらく透クンは、いくらミエミエでも最後まで副官の正体を明かさない方

が、場に緊張感が漂ってゲームが盛り上がると思ったのでしょうが……。

最後の一枚になる前に透クンがハートの⑦を場に出してさえいれば、その時点で透クンが副官であることが確定し、副官が入れ替わるようなことにはならなかったのです。そして最後に副官である透クンの前に四枚のカードが集まって、私と透クンのペアが勝利することになったのです。しかし、あの場面で透クンにカードを取らせて勝たせるにはああするしかなかった。ナポレオンの私が負ければいいんです。

もうひとつの方法も考えたんですが、それは私と透クンのカードをチェンジするということです。そうすれば私がナポレオンでもあり、副官でもあることになり、私が負けて立花家の皆さん四人が勝つことになる……一瞬、そうしようかとも思いましたが、最後の四枚のカードは詩織サンが取るので透クンは0枚で終わってしまいます。それにより私が孤立する感じになって皆さんが白けるだろうし、私と皆さんの絆が切れてしまうような気がしたのです。

詩織サンをナポレオンの負け組みに引き込んだのはカワイソウだったのですが、私と立花家の皆さんとの付き合いは、詩織サンとの出会いから始まりました。だから、私と

詩織サンとの縁が切れたら、立花家全員との縁も切れてしまいます。私と人との結びつきはいつもそんなもんです。そんなわけで、私はまだまだこの家とは縁が続きそうですので、オトーサンよろしくお願いします」

「わかりました。こちらこそよろしくお願いします。それにしても、たかが家族の遊びのトランプゲームにそんなに気を遣ってもらって、何だか悪いような気がしますね」

「オトーサン、たかが遊びのゲームといっても、何かをやる時は、私はいつもイッショウケンメイです。皆さんとカラオケで歌う時も、昔プロで歌っていた時とスタンスは変わりません。それが私のスタイルですから。それにオトーサン、人生もゲームのようなもんじゃないですか？ 山あり谷ありで……。リスク・アンド・チャンスです」

「成程ねえ。普通の人間は、仕事や勉強の息抜きにゲームを楽しむんですが、Hさんは違うんですね」

「……ひとつ質問していいですか？」

Hは自分のグラスを渡のグラスに近づけて言った。

「オトーサン、色に例えれば、私は何色に見えますか？」

「そうだな……白、かな……」

「グラスの中をよく見てください」

どちらもウィスキーの水割りが三分の一ほど残っているが、中の氷はほとんど融けて無くなっていた。それでもよく見るとHのグラスにだけは小豆大の透明な氷が浮かんでいた。

「いいですか。それじゃ、乾杯！」

カチンとグラスが合わさった瞬間、Hが言った。

「中を見て！」

渡はそこに目を落とすと、驚きのあまりウッと声を上げそうになった。

Hのグラスにあったはずの氷が自分のグラスの中にあるではないか！

思わずHのグラスを見ると、確かにそこにあったはずの氷は消えていた……。

カードといい、氷といい、これは……トリックなんかじゃない！？

〈テレポーテーション〉――渡の脳裏に浮かんだ言葉。小説やテレビゲームの中では知識としてあるものの、現実に自分の目の前で起こったのを見て、渡は茫然としてし

まった。

「ほら、私はこの氷みたいに透明なんですよ。びっくりしましたか、すみません。でも、こんなことは私にとってはそれこそ遊びです。それより、立花家の皆さんが幸せになれるよう、私も頑張りますからオトーサンも頑張ってください。よろしくお願いします」

そう言ってにっこりとするHをまじまじと見ていた渡は、思わずつられたように笑顔になって応えた。

「ラジャー。アラッソヨ。了解」

再び二人のグラスがカチンと鳴り、それに呼応するかのように、軒下に吊るされた風鈴がチリンと鳴った。

# 詩織の日記

## （2）

七月に入って夏本番を思わせる暑い日でした。夜になってもなかなか気温が下がらず、熱帯夜を予感させる寝苦しい夜の事です。

Hさんが十時頃帰ってきました。

最近は日本語学校の友達の家にでも泊まっていたのか、五日ほど顔を見ていなかったのです。

二階から降りてきた父がHさんと、いそいそとお酒の用意を始めました。氷を入れたグラスに、紙パックのお酒を、お互いに注ぎあっています。Hさんが韓国のお母さん《オモニ》に頼んで、先日送ってもらった韓国の〝純露〟という焼酎だそうです。まだ日本の酒屋で

は売っていないようです。

私もこの前ちょっとだけ飲ましてもらったのですが、独特の甘みがあって、何となく懐かしい感じがしたのです。この感じはどこからくるのかなと思っていたのですが、ふとお祭りの縁日で飲んだラムネの味を思い出しました。父にこのことを話すと、やっぱり同じように感じていたそうです。父が子供の頃は、毎日のようにラムネを飲んでいたそうで、とても郷愁をそそる味だとのことでした。

考えてみれば、日本の文化は朝鮮半島から渡ってきた帰化人が伝えたものが数多くあるのだし、もっと大昔に遡れば、日本列島も朝鮮半島も地続きで繋がっていたとのことですから、日本人の心には韓国の文化をルーツとして懐かしく感じるＤＮＡが組み込まれているのかもしれません。

――と、焼酎のことから文化論に発展するとは、さすがに受験生の詩織ちゃんだけのことはあるな、と我ながら感心していると、母がこれもＨさんのお母さん《オモニ》特製のキムチを皿に盛ってきました。焼酎と一緒にＨさんが頼んで送ってもらったものです。

それともう一品は、Ｈさんの好物で、こちらは私の母が手作りのイカの塩辛です。

私と母も少しだけ焼酎をもらって、久しぶりに四人で乾杯しました。

Hさんは、最初に相談を受けたAグループの人が、次々に自分の友達を紹介して相談を依頼するので、同じグループの人はもとより、他のグループの人たちからも順番がまわってこないとクレームを受けたりして、調整が大変だったようです。そんな顛末を面白おかしく語るので、大変だなと思いつつも可笑しくてつい皆で笑ってしまいます。

そんなふうに四人で談笑しているところへ、二階から透が降りてきました。

「コンバンハ、ルークン。久しぶり」

Hさんが声を掛けるのに、透はあいまいに頷くと、うるさくて眠れないからもう少し静かにしてくれ、と言い残してさっさと二階へ戻って行ってしまいました。

透は学校の部活では陸上部に所属していて、今は大会に向けてコンディションを整えることで頭が一杯のようなんです。でも、それまで盛り上がっていた雰囲気に水を注されたようになって、皆の気分が一気に落ち込んでしまいました。

「ルークンも話の輪に入ればいいんだけどな」

Hさんは呟くように言い、「じゃ、小さな声で話しましょう」と言って、あのね、それ

でね、と声を潜めてまるで内緒話のようなポーズをするので、その仕草が可笑しくて皆はクスクスと笑います。そうすると場がいつの間にか、さっきまでの和気あいあいとした雰囲気に戻っているのです。

Hさんの積もる話が弾んで、知らず知らずのうちに、つい皆の声が大きくなっていたのかもしれません。また透が、今度はわざとらしく足音を響かせて二階から降りてきて言いました。

「静かにしてって言ってるだろう。何回言えばわかるんだよ！」

透は興奮した口調で怒りを露にしています。

「ゴメンナサイ。わかりました。気を付けます」

Hさんは透の気を静めるように取り成しています。

「まったく！　同じ事何回も言わせて！　学習能力あるのかよ」

透は、ふてぶてしく捨て台詞を残して自分の部屋に戻って行きました。

いくら思春期の生意気盛りの年頃とはいえ、この言葉にはさすがに全員ムッときた様子でした。

「何だ！ あの態度は……」と父が言い、すみませんね、親の躾が悪くて、とHさんに謝っています。

そして父は母に向かって「裕子さん、あなたの息子さん、態度悪いアルヨ」とふざけた口調で言うと、「あなたの息子でもあるでしょう！」と、ぴしゃりストレートな返球が帰ってきました。

「アレ？ そりゃそうだ」

父は何となく納まりの悪そうな様子です。

〈このコンビでは漫才は無理だな〉と私は思ってしまいます。

それから暫くして、そろそろ私は二階の部屋に引きあげようかな、と思っていると、またまた透が降りてきました。

今度は、暑くて眠れないと言います。

我が家でエアコンがあるのは、この居間と二階の父母の寝室だけです。一階にはテーブルと椅子が置いてある居間と、畳の和室があり、普段は続き部屋になっているのですが、アコーディオンカーテンで仕切れるようになっています。私たちが今いるその隣の

和室で寝たいと言うのです。そういえば昨日も暑い日で、透はそこに自分で蒲団を運んできて寝ていました。透はエアコンが好きではないのですが、庭に面した戸を網戸にすれば、まずまず風が通って、二階の透の部屋よりはだいぶ涼しいはずです。

透は自分の蒲団を運んでくると、アコーディオンカーテンを閉め、そそくさと横になりました。「眠れないならこっちで一緒に話しましょう」とHさんが声を掛けても、「もう寝るから静かにしててよ」と取り付く島がありません。

透は反抗期でHさんに反発しているものの、何となく自分だけが疎外されているという意識との板ばさみになっているようです。表向きは突っ張っているけど、内心はこちらの様子が気になって仕方がないのでしょう。寝るとは言ったものの、聞き耳を立てていたのかもしれません。ちょっとでも笑い声が起こると、「うるさい」という声が飛んできます。

そういうことが二、三度あり、その都度Hさんは透に、こっちに来て一緒に話そうと誘っていたのですが、お互いだんだん意固地になっていくようでした。

Hさんにしてみれば、久しぶりに立花家に帰ってきたので、皆の一家団欒の場を通じ

て家族の和を深めようとしていたようです。その家族の和が一人の反乱分子のために乱されることは、我慢ができなかったのだと思います。Hさんも両親も、透のためにこの場をお開きにする意思は毛頭ないようでした。

そのうち、透は抗議のつもりか、壁をどんどんと蹴り始めました。

これにはさすがに皆の表情が強張りました。

それでも談笑を続けていたのですが、再び隣から壁を蹴る音がすると、Hさんは立ち上がろうとする父を止めると、自分が行きますと言って、すかさずアコーディオンカーテンを開け透の蒲団の傍に行きました。

怒りに満ちた表情で、拳を握り締めています。

その剣幕に恐れをなしたように、透は体を起こして驚愕のあまり目を見開いています。

「あなた！いい加減にしなさいよ！」

Hさんの握り締めた拳にますます力が籠もるのが感じられました。そして今にもそれが振り下ろされるかと思えた瞬間――

「やめて！」

父が声を掛けると、Hさんはその拳を透に向かってではなく、左の壁に突き出しました。

ボコッと鈍い音がしたかと思うと、あっけなく壁に穴が開きました。

皆は事態の意外な展開に唖然としています。

Hさんも暫くうなだれていましたが、顔を上げると皆に向かって、すみませんと言い、和室に置いてあった自分のバッグを手にしました。

「暫く留守にします」と言い、バッグを肩にかけて玄関の方へ向かっていきます。慌てて父と母が後を追い、私もその後に付いて行きました。

「こんな時間に、泊まる所はあるの」と父が訊くと、「この季節なら公園でもどこでも寝られますよ」と笑ってHさんは答えました。

「私を嫌いな人がやがて私を一番好きになります」

Hさんは自信に満ちた顔でそう言い、「また戻ってきますから」と手を振って夜の街に消えていきました。

Hさんはその後一週間ほどして戻ってきました。

三浦半島のあたりまで行ったそうです。海岸や公園でホームレスの人たちと仲良くなり、酒盛りをして楽しかったみたいです。

でも、その人たちに有り金を全部叩《はた》いてしまったようで、ここまで歩いてきたそうです。とても信じられません。

# 透とH

Hが立花家に戻ってきて、これまでと変わりなく暮らし始めた。

時々二、三日帰らないことがあるが、だいたい夜の十二時までには帰ってくる。

透には、できるだけ夜は静かにしますからと言ってあった。

また、Hは近くのリサイクル店で、出窓に取り付けるタイプの冷風扇を見つけてきた。透の部屋の暑気対策用にプレゼントすると言う。

透はもともとエアコンの風が嫌いで、自分の部屋には扇風機だけを置いていつも夏を過ごしていたのだが、今年の夏の異常な暑さには、さすがに参っているようだった。

さあ、これでHと透の関係もうまく収まったかなと、みんなは思っていた。

ところが暫くして、透がHの許へやってきた。折り入って話があると言う。

「お願いですから、この家から出て行ってください」

透は単刀直入に切り出した。

「Hさんはいい人なんだろうとは思うけど、夜の十二時頃に帰ってきて、皆が下へ降りていくと、何となくそのざわついた気配で目が覚めてしまうんだ。それは、話し声なんか前よりは静かにしてくれているのは分かるんだけど……。

俺は今、走ることに全力を傾けている。はっきりいって、自分の記録を伸ばすことしか頭にないんだ。そのためにはしっかりと睡眠をとって、体調を管理することが必要なんだよ」

Hはふむふむと頷きながら聴いている。

「それと俺は反抗期だから、皆がHさんを囲んで楽しそうに話しているのが面白くないんだと思う」

「ハンコウキ？……反抗期か！　ああ成程」

Hは納得したように大きく頷いて言った。

「私も高校の時に、父に反発して家を出ましたから、よく分かりますよ。でもルークンは、そんな風に自分のことを客観的に分析できるのは大したもんだよ。

分かりました。来月までには出て行きますから、それまでもう少し我慢してください」

「すみません。自分勝手で……」

「そろそろ、アパートを探そうとは思っていたんだよ。ルークンには〝走る〟という目標があるんだから、それに向かって頑張ってね。それと勉強の方も、もう〝チョロット〟頑張ろうね」

「なんだよ、その〝チョロット〟とかいうのは？」

「日本語のちょっとと、英語のロット（たくさん）を掛けた言葉で、『いくらか多めに』とか『多少、気合を入れて』とかいうニュアンスで使うらしいんです」

「またオヤジが変な言葉を教えたんだな」

「私もオトーサンに教わって、日本語の勉強をしっかりやっていますから……。ルークン、お互いに頑張りましょう」

「じゃ、そういうことだから」

透は夕食後、昨日のHとのやりとりを皆に伝えると、そそくさと自分の部屋へ引きあげて

いった。

残された渡と裕子、詩織の三人は、呆気にとられている。

「しかし、Hさんも素直にオッケーしたなあ。透のわがままをすんなり通すなんて……」と渡が言う。

「我が家には浪人の受験生もいることだし、勉強の邪魔になってもいけないと思ったんじゃないの?」と裕子。

「そうだな、いつもHさんが家にいたんじゃ、詩織も気になって勉強が手につかないと困るからな」と渡が言うと、「何よ、それ! 私はちゃんと予備校で勉強していますから」と詩織はむきになって反論した。

「あっ、詩織が赤くなった!」

裕子がからかうと、「もう、お母さんまで!」と詩織は怒ってすたすたと二階へ行ってしまった。

詩織の後ろ姿を見送った渡と裕子は、顔を見合わせて忍び笑いを交わした。

やがて裕子がこう漏らした。

「私が昔、子供たちが小学生の時に、ＰＴＡの会長をしていたことがあったでしょう。その時に副会長をしてもらっていた寺井さんと、この前、道でばったり会ってＨさんの話をしたのよ。そうしたら、年頃の娘さんがいるんだから、ちょっと考えた方がいいわよ、なんて言うのよ。いくらいい人でも、世間の人はそういう風には見ないって。近所の人の目があるんだから気をつけた方がいいわよって」

「ふーん、田舎じゃないから、そんな事は気にしなくてもいいかな、と思っていたんだけどな」

そんな経緯があり、Ｈのアパート探しが始まった。

渡と裕子はＨを連れて、あちこちの不動産屋に行き、これはと思う物件をいくつか見て回った。中にはまあまあ手頃かなと思われる物件もあったが、なかなかＨが決断を下さない。

そうこうするうち、Ｈがこんな事を言い出した。

「家賃の他には、手数料を一円も払わなくてもいいアパートが必ず見つかります」

当時は、賃貸契約の際、家賃の何カ月分かを敷金や礼金として払うのが常識だった。だから、どこの不動産屋の広告にも、そんな虫のいい条件の部屋はなかった。最低でも「敷金一つ、礼金一つ」などの表示がしてある。

渡たちは次第に焦れてきた。

しかしHには確信があるようだった。

渡たちはHの様子に半ば呆れながら、成り行きに任せるようにして、部屋探しを一時中断していた。

その頃、裕子の実家から、裕子の名義にしてあった電力株を売ったから、生活の足しにしなさいと、かなりの送金があった。

裕子は、これがHの手紙にあった偶然のいい事だったのかと思い当たった。

そして、ひょんなところから耳寄りな話が舞い込んだ。

都の区議会議員をしている知人の奥さんから裕子に電話があり、部屋の借り手を探している大家さんがいると言う。

裕子はその奥さんと数日前に道でばったりと会い、立ち話をした折、どこかにいい部

屋の情報があれば知らせてほしいと頼んでいたのだ。

さすがに区議会議員だけあって、地元にいろいろアンテナを持っているものだと渡は感心した。

アパートは二階建て、上下五部屋ずつの造りになっていて、二階の手前から二つ目の部屋と、一階の一番奥の部屋が空いていた。一階の奥の部屋の方が間取りは広そうだったが、日当たりは二階の部屋の方が良さそうだった。

Hは二階の部屋を選んだ。

ドアを開けて靴脱ぎ場のすぐ左手にユニットバスと洗濯機置き場。狭い廊下をはさんで右手に流し台と小型の冷蔵庫があり、その奥が八畳分ほどの洋間になっていてエアコンが据え付けられていた。典型的なワンルームマンションの造りである。

渡と裕子はHに協力してリサイクル店を回り、必要な物を調達していった。この街にはこの手の店が多いので、こういう時には便利だ。

殺風景にみえた部屋も、ソファーベッドやテレビが置かれ、床にカーペット、窓にカーテンが吊るされると、生活空間としての趣が漂ってきた。

押入れはかなり広めで、蒲団のほかに衣類などを収納するには充分なスペースがあった。

後日、Hの母親が立花家への挨拶がてらに来日してこの部屋を訪れ、押入れの扉を開けた。てっきり、次の間があるだろうと思っていた彼女は、そこが押入れだと分かって、あまりの部屋の狭さにショックを受けて涙ぐんだ——という笑えないエピソードがある。

ともあれ、その後半年あまりHはこの部屋で暮らすことになるのである。

Hが口癖のように使う言葉がある。

「ハミョン テッソヨ(為せば成る)」だ。

時には人を励ます言葉として、時には自分自身を奮い立たせる言葉として、呪文のように用いるのだ。

まるで口笛でも吹くように。

まるで歌の一フレーズを口ずさむかのように……。

それはドリス・ディーが歌った『ケ・セラ・セラ』でもなければ、ビートルズが歌った『LET・IT・BE』でもない。

「為せば成る」だ。

渡や裕子の世代には馴染み深い言葉だ。

一九六四年の東京オリンピックで、日本の女子バレーボールチームを率いて金メダルに導いた監督が、座右の銘にしていた言葉として、当時流行語にまでなった。

この後テレビでは、同じバレーボールを題材としたドラマ『サインはV』やアニメ『アタック№1』、野球アニメ『巨人の星』、ボクシングを扱ったアニメ『あしたのジョー』などのスポーツ根性物が続々と登場してもてはやされた。

だから、「為せば成る」という言葉には、渡たちの世代にとっては、どこかアンティークでノストラジックな響きがある。

『サインはV』では選手たちがあざだらけになって、回転レシーブの練習をしていた。

『あしたのジョー』では矢吹丈が宿敵、力石徹を倒すため、必殺技のクロスカウンターに磨きをかけていた。『巨人の星』では星飛雄馬が、父親一徹の作った〝大リーグボール

養成ギプス〟をはめて筋肉トレーニングに励んでいた。

そういえばHも、小学生の頃に、腰にひもを巻きつけ、その先につけたタイヤをひきずって砂浜を走ったことがある。

それは母親に言われた一言が切っ掛けだった。

「駆けっこで、誰よりもあなたが、真っ先にゴールテープを切るシーンを、一度は見てみたいわ」

それまで学業成績はトップでも、運動に関しては特に何も言われたことがなかったので、人より速く走ろうとは思っていなかったのだ。

そこで砂浜での特訓が始まった。

今ではスポーツ選手が、下半身のトレーニングにやっている光景をよく目にするが、『巨人の星』でも小学生の星飛雄馬が同じ特訓をやっていたのが印象的だ。

もともと運動神経も非凡なものをもっていたHだけに、特訓の甲斐あって見事にその年の運動会では一等賞になった。

その後走ることにも目覚めたHは、高校時代には百メートル十一秒フラットの記録を

作っている。

その事実を知ってから、Hに対する透の態度が変わったようだ。

透は四百から八百メートルの中距離が専門だが、百メートルのベストタイムは十一秒六だった。

走ることが生き甲斐だった透は、過去に自分よりかなり優秀な記録を出したHを、尊敬の眼差しで見るようになったのである。

いつの間にか、透はたまに一人でHのアパートを訪れるようになった。

トラック競技という共通の話題について、語り合える先輩ができた思いがして、嬉しかったのだ。

今まで一つ屋根の下で暮らしていて、Hの存在を鬱陶しく感じていたのだが、離れて暮らして接してみることによって、本当に相手に対して思いやりのある人なんだということが、透は分かってきた。

——ルークンの「透」という名前のように、心も透明な人になって、色んな人の気持ちが分かってあげられる優しい人になってね。

ある時Hが語った言葉が、少しずつ透の心の蟠《わだかま》りを溶かしていった。
休日には二人でZ公園の周りを走るようになった。
やがて透にとってHは、何でも相談できる兄貴分のような存在へとなっていった。

# 詩織と由紀

翌年四月、詩織は晴れて四ツ矢にあるJ大学に入学した。

Hも、家族の皆と一緒に詩織の入学式に出席した。

だが、詩織が大学生活にも慣れてきた六月には、Hは立花家の人たちに別れを告げ、韓国へ帰っていった。

Hがいなくなって、詩織はすっかり落ち込んでしまった。心にぽっかりと穴が開いたようだった。Hの存在が、自分にとっていかに大きな比重を占めていたかを思い知らされた。


詩織は大学へ通うかたわら、塾のバイトをしている。浪人の時、自分が通っていた塾のチューターという仕事だ。実際に生徒に教えるのではなく、講師と生徒の間をとりもっ

て、生徒にアドバイスをしたり、連絡係を務めるのが主な仕事だ。

塾は千田ヶ谷にあり、大学のある四ツ矢からのアクセスが便利なのも気に入っていた。

チューターたちは全員現役の大学生で、一年生が最も多かった。

月曜から土曜まで、それぞれ七、八人ずつの六班で構成されていて、基本的には週一回のバイトだが、生徒との面談会や、チューター相互の打合せ会などを含めると月に七、八回の出番があった。それとは別に、チューター仲間同士の飲み会なども頻繁に行われた。詩織にとってはバイトをしているというよりも、サークルに所属しているという感覚に近かった。

詩織の属する水曜班は七人構成だったが、夏休みがあけて後期の授業が始まる頃、新メンバーがひとり加わった。

永倉由紀という、一ヶ谷にあるM大学の一年生だ。新潟の実家から上京して、ひとりで新宿のマンションで暮らしている。現役で合格したので塾に通った経験はないが、住まいから近いので、募集のポスターを見かけて応募したと言う。

まがりなりにも詩織の方が半年程先輩なので、あれこれと仕事面でのアドバイスを

した。

最初の由紀の印象は、ハキハキしていて元気のいい子だなと思ったが、時おり垣間見せる、どことなく寂しげで陰のある横顔が、詩織には気になっていた。

親しくなっていろいろ話していくうちに、根は純真で素直な性格だと分かった。それでいて、一歳年上の自分よりどこか大人っぽい雰囲気がある。

五歳年上の兄がいるが、親が晩婚で、間もなく父親が定年退職を迎えるので、経済的に心配だと言う。

しかし詩織からみれば、由紀の心配はそれでもまだぜいたくな悩みに思えた。

詩織の父、渡は、銀行やサラ金に多額の借金を抱えている。いろいろとアルバイトをしながら、借金の返済に追われている毎日だ。だから、渡のもとにはよく借金の催促の電話が掛かってくる。詩織たちが出ると、渡はたいがい居留守を使う。でも二回も三回も同じ所から掛かってくると、詩織はたまらず父に電話を回す。すると渡はしぶしぶ電話に出て、何やら辛そうに言い訳している様子だ。

そのうち、渡はいい手を思いついたようだ。電話に出て、息子の透のフリをするの

だ。わざと子供っぽく、ぶっきらぼうな口調で「あ、父はいま留守にしています。じゃ、電話があった事を伝えておきます」という具合に……。

そんな状況は相変わらず続いているが、一年前にHさんと出会ってから父は変わった。何となく前より明るくなったようだ。それまでは、会社をリストラされたこともあり、借金のことで頭が一杯のようで、家族との会話もあまりなかった。

由紀もHさんに会えば変わるだろう。

詩織は、由紀が時折見せる虚ろな表情が気になっていた。一緒にいても、〝心ここにあらず〟という感じで、自分の世界に引きこもってしまうことがよくある。きっとHさんから元気をもらえば、もっと明るくなって本来もっている由紀のよさがもっと引き出されるに違いない。

そんな事を思っていた詩織は、年も暮れに押し迫ったある日、由紀から心の悩みを打ち明けられた。

春先に学校のサークルで知り合った男の子と、その子の部屋で、関係してしまったのだと言う。

お嬢さま育ちで、田舎の女子高から上京した由紀は、これまで異性と特別につきあったこともなく、由紀にとっては初めての経験だった。

由紀にとってショックだったのは、初めての経験そのものよりも、その後男の態度が一変したことだった。サークルで会っても、由紀とは何事もなかったかのようなよそよそしい態度で、他の女の子にしきりに話しかけている。

由紀は最初のうち、男の心変わりが信じられなかった。あれだけ、自分と交際したいと言い寄ってきたではないか！　それなのに一度、自分の体を奪ったらもうそれっきりだ。相手の心がもう自分の方には向いていないのが、ありありと分かるようになって、ようやく由紀は、相手がまったくの遊びで自分に近づいてきたのを悟ったのだ。

惨めだった。

初体験がこんな形で終わるとは……。

初めて異性として心を動かされた相手だった分だけ、余計に由紀は心に大きな傷を負った。

自分の愚かさにも腹が立った。

半ば自暴自棄になった由紀は、その後ドライブに誘う男たちにナンパされるという経験も何度かした。一夜限りと割り切ってのことだ。《ワンナイトカーニバル》

ある日、新宿の繁華街を歩いていると、スーツ姿の男から声をかけられた。また自分をナンパする男の一人かと思ったが、夜の仕事のスカウトマンだった。無視して立ち去ろうとしたが、男の巧妙な話術につい引込まれ、好奇心も手伝って、誘われるままクラブのバイトを始めた。

客の話に、適当に笑顔であいづちを打ち、酒を勧めた。

ただそれだけで、勤めてから三カ月足らずで、百万円近くのお金が貯まっていた。

由紀は、それまで住んでいた下町の学生寮から、新宿のワンルームマンションへと引越した。

職場が近くなった分、自然と仕事時間が増え、さらに金が貯まった。次第に酒の味も覚えた。

余った金で、服や靴、バッグにアクセサリーなどを、次々に買い漁った。

でもそんなことをしても心は晴れなかった。

ますます心が落ち込んで、自分の惨めさが増すばかりだった。

店の同僚のなかには、学生も何人かいた。ナンバーワンの娘は、学部は違ったが由紀と同じM大の一年生だった。それもあってか、その娘は由紀によく話しかけてきた。家庭の事情で、親元からの仕送りが期待できず、彼女は自分で授業料を稼がなくてはならないらしい。なんでも、美音という本名で、近々プロの演歌歌手としてデビューする予定だとか。

「その時はよろしくね。CDいっぱい買ってね」と屈託なく笑って言う。

ああ、この人は、しっかりした目的意識をもって生きている。それに比べて、自分はいったい何をしているんだろう……。ただ、流されるままの毎日だ。

こんなことではいけない！　もっと本来の学生らしい生活を取り戻さなければ……。

そんな事を思っていた矢先に、チューターの募集広告を見かけたのだった。

由紀の話を聴いても、詩織にはどう言って慰めていいのか分からなかった。

自分には男性経験がないし、そういう夜の世界とも一切無縁だった。

ただ、詩織の心の中に唯一、異性として存在しているのはHだった。

もし、もう一度Hさんが日本にやってくる機会があれば、是非とも由紀に会ってもらいたい。Hさんならきっと由紀の心の霧を吹き飛ばしてくれるだろう。Hさんを由紀に紹介する――詩織が由紀にしてやれることはそれしかないと思った。

そんな詩織の願いが通じたのか、Hは翌年五月に、再度日本へやってきた。詩織は自宅でHに由紀を紹介すると、Hはしばらく二人きりにしてほしいと言って、由紀を伴って二階へ上がった。

じっと由紀の顔を見つめてから、Hは言った。

「あなたに起こった事は何も特別な事ではありませんよ。日常生活の中でごく普通に起こる事です。それもごく頻繁に。こうして話している間にも、世界中のどこかであなたと同じように悩んでいる女の子が山ほどいるでしょう」

由紀の肩に手を置いて、Hは笑顔をみせて言った。

「くよくよするなよ、由紀ちゃん！　後悔からは何も生まれません」

そして腕組みし、真顔に戻ってからHは言った。

「ただし、反省はしなさい！

一度しっかり反省して、それから過ぎた事はすっぱりと忘れるんだよ。

いいかい、君は自分を悲劇のヒロインに仕立て上げて、そのドラマの役にすっかり酔ってるんだよ。私は君のような人を何人も見てきた。だから、人間が悲劇の主人公の役が好きなのは、よーく知っているよ。

でも、もうそろそろ目を醒ましたらどうだ。

これは心理ドラマだ。

お前は、自分が勝手に作り上げた悲劇のヒロインという夢の中にいるんだ。

いつまでそんな夢の中に逃げ込んでいるつもりか？

早く目を醒まして現実(こっち)の世界に出てこい！」

由紀の目からは、みるみる涙が溢れてきた。

そして由紀は大きな声で泣きはじめた。

Hはしばらく由紀が泣くのにまかせていた。

ようやく泣き止むのを待って、Hは言った。

「世の中には、児童虐待で自分の父親と最初の体験をする女の子が何人もいます。あなたの場合は、相手はちゃんとした男の子だったんでしょう？　カッコいい子だったんですか？」

「でも私にはそのつもりは全然なかったんです……」

「そのつもりはなかった？　でも相手の部屋に行ったんでしょう？　ガキじゃあるまいし、十八歳にもなって。それはウソだ。

あなたは潜在意識の中では、充分にその可能性があるのは分かっていたはずです。それと、あなたは昔お兄さんから家庭内暴力の被害にあっていますね」

「えっ、どうしてわかるんですか！？」

「ちょっと、あなたの過去を見てみたんです。あなたには血の繋がらない五、六歳年上のお兄さんがいて、その兄貴から中学生の時に家庭内暴力にあっているでしょう」

由紀の父親は、由紀が生まれてすぐ交通事故で他界していた。その二年後、母親は子連れだった現在の父と再婚したのだった。由紀の新しい父親は、必要以上に気を遣い彼女を可愛がった。兄にとっては、それが面白くなくて、鬱憤がたまっていたのだろう。

私、間違ったことを言っていますか？　と言わんばかりに自分を見つめるHに向かって、由紀は黙って頷いた。

由紀が高校生になったばかりの頃、両親から打ち明けられた永倉家の家庭内事情――兄からうすうすほのめかされていた事ではあったが――これまで誰にも話した事がなかったのに……。

由紀は胸を衝かれたように、Hの異才にただただ瞠目していた。

由紀の反応を確かめながら、Hは続けた。

「だから、あなたはそれがトラウマになっていて、男にちょっとでも暴力的な振る舞いをされると、すぐに相手のいいなりになってしまう。そのこともあなたは潜在的に知っていたはずなんだ。

それで最初の男の子とは半ば無理やりに関係してしまった」

「……ええ、でも相手はただの遊びだったんです……」

「まず、その男の下心を見抜けなかった点を反省しなさい。人を見る目がなかった自分の未熟さを反省することです」

「……はい、反省します」

「それからあなたは、相手がもう自分に気がないことに気づくと、自分の心理ドラマを作り始める。そしてあなたは、自分の心理ドラマをもっと強烈に演出するために、自分の夢の世界にもっと深く逃げ込むために、男にナンパされることを繰り返してきた。それもしっかりと反省しなさい！」

由紀は「はい」と言うなり、また泣き出してしまった。

「いくら、名前が由紀だからって、ゆきずりの恋ばかりじゃ……。あ、すみません。失礼な事言って」

泣き出した由紀がちょっと笑った。

「そうそう、泣くよりも笑いなさい。ところで由紀ちゃんは雪が好きですか？」

「え？ ハハ……はい、私の田舎はよく雪が降ります。スキー場もあって、子供の頃からよくスキーをしました」

「へー、スキーも好きーですか」

「ハハハ、Hさんは洒落が上手ですね」

「いやー、それほどでも……。もっと笑っていいとも」

まだ目元を赤く腫らしながらも、笑顔になった由紀に向かってHは言った。

「もう、ゆきずりの恋とは卒業して本物の愛をみつけなさい。それまでは、私はあなたの恋人にもなるし、兄貴にもなるよ。

あなたはこれまで、人に愛されることを待っているだけで、自分から人を愛することがなかった。人に愛されたければ、まず自分が人に愛を与えることです。そうすれば、その愛は巡りめぐって必ずあなたのもとへ帰ってきます。

あなたはいま学生だし、学生の本分は勉強することでしょう？ だから、変な夜のアルバイトはすぐに辞めなさい。そして、いろいろ勉強して、どうしたら自分が社会に貢献できるかをまず考えなさい。どんどん、女性が社会に進出している時代でしょう。好きな人と結婚して家庭をつくるだけが女の幸せ——という時代ではないですよ。それに、勉強して自分を磨いてイイ女になれば、自然とイイ男がそばに現れるものなんだ。浮ついた心でいれば、軽薄な男しか寄ってこないよ。たった今から、イイ女になるための努力をしなさい。分かったね」

「はい、頑張ります！」

晴れ晴れとした笑顔になって由紀は言った。

「よし」と言って、Hは由紀を抱き寄せ、そっと抱擁した。

由紀は、何か大いなるものの懐に自分が包み込まれて、徐々に心が解放されていくように感じていた。


Hとの話が終わり、詩織の前に現れた由紀は、とてもきれいだった。まるで魂が、洗い清められ光り輝いているかのようだった。

由紀は詩織に歩み寄ると、いきなりぎゅっと抱きしめた。

これまで由紀は、どちらかといえば控え目で、人と積極的にスキンシップをとる方ではなかった。しかしその動作は、きびきびとして凛々しく、一瞬Hが乗り移ったのではないかと、詩織に錯覚させるほどだった。

「Hさんの話どうだった……？」

高鳴る胸を押さえながら詩織は訊いた。

「私もHさんのこと、好きになったみたい！」

由紀の笑顔がキラッと光ると、途端に詩織の表情が曇った。

すると由紀はあわてて付け加えた。

「あっ、でもHさんはみんなのHさんなんだな……と思ったよ。Hさんの言う愛は、私なんかが思っていたものより、もっと深いというか、うまく言えないんだけど……とにかく何か違うなあーって」

翌朝二人は、立花家のある西窪寺から大学へと向かっていた。詩織は四ツ矢まで、由紀はそのひと駅先の一ヶ谷までだから、道中はほとんど一緒だ。

二人とも時間に余裕があったので、総武線の各駅停車に乗った。ラッシュ時を過ぎていたせいもあり、並んで座ることができた。

電車の中で詩織は、昨日からの出来事につい昂った感情を抑えきれず、泣き出してしまった。

その詩織の横顔を見ながら、由紀は「詩織ちゃんの涙は幸せの涙なんだろうな……」と言う。

そうかな？　とっても辛いんだけどな。

でもそうかもしれないな……。

電車の窓から差し込んでくる五月の陽光は、詩織の目には痛いほど眩しかった。

電車が四ツ矢に着き、詩織が由紀にあいさつして降りようとすると、由紀も後から降りてきた。時間があるので、J大のキャンパスを散歩がてら、M大まで歩いて行くと言う。

キャンパスの木々を揺らす、初夏の風を大きく吸い込んで、嬉しそうに由紀が言った。

「私たち、本当に幸せだよね。Hさんみたいな人が見守ってくれていて」

それは、由紀の心の底から自然に出た率直な言葉だった。

だが、詩織はそれに対して素直に同調することができなかった。

「本当にそうだよね」と心から同意するのがいいと分かってはいるのだが、由紀の「私たち」と言ったのが気に入らなかったのだ。

詩織のなかには、Hさんに対して由紀とは同等、とは思いたくない自分がいた。あなたと一緒にしないで！　私は特別なんだから……という思いがあった。

ややあって、うつむき加減で「そうだね」と言った詩織の胸中を、由紀は敏感に察知し

たようだった。

それから、およそ一年が経過して、詩織は大学生活三年目の春を迎えた。

由紀は、夜のバイトも辞めて新宿のマンションを引き払い、詩織が住んでいる西窪寺の近くのアパートに越して来ていた。

お互いの住まいが近くなったので、由紀はよく詩織の家へ遊びに来た。そのまま泊まっていく事もしばしばだった。

そしてまた六月にHが来日すると、由紀も加わって、当たり前のように六人での共同生活が始まった。

待ち合わせて大学から詩織と一緒に戻った由紀は、疲れたからと言って詩織のベッドで横になっていた。詩織はHが使っている部屋のベランダから、ぼんやりと外の景色を眺めていた。

詩織は自分の心を持て余していた。

こんなに辛く苦しい思いをするなら、由紀をHさんに紹介するんじゃなかった。

もともとは、由紀に元気になってもらいたくて紹介したのだ。だから、六人で過ごす時間は大事だと思う。でも何故いつもいつも、六人でなければならないの？……いくら友達だからって、どうして家族みたいに受け入れてあげなければならないの？

詩織は、由紀との友情を大切に育てたいという思いと、どうしても拭えない自分の嫉妬心との葛藤に悩んでいた。

気がつくと、いつの間にか傍にHが立っていた。詩織を見つめてHは言った。

「あなたは今、自分の気持ちと戦っている。でもその感情を表に出したら、自分に負けるよ」

詩織は頷いてその場を離れた。

このままHの傍にいると、自分に負けて感情をぶちまけてしまいそうだった。

詩織は由紀の様子を見に、自分の部屋に入った。

由紀はベッドの上ですやすやと寝ているかに見えた。

だが、詩織が傍に寄ると、うっすらと目を開けて言った。

「一体、これは夢なの？　現実なの？」

「これは現実よ、由紀ちゃん」

「さっきから同じ夢を、ずっと繰り返してみているの。私が怖い夢をみて、目を開けるとそこに詩織ちゃんがいて、私が『怖い夢をみた』と言うと詩織ちゃんが『じゃHさんを呼んでくるわ』と言って部屋を出て行くんだけど、いつまでたっても呼んできてくれないの。そのうち私はまた怖い夢をみて、目を開けるとそこには詩織ちゃんがいるの。ずっとその繰り返しなの」

由紀の夢の話を聞いて、詩織は愕然とした。

自分の心理状態が、すっかり由紀の夢に投影されている気がして恐ろしくなったのだ。

詩織は急いでHを呼びに行った。

由紀の夢の話をすると、Hは「私のことを信じられなかったら、どうするんだ！　なあ、詩織！」と言って由紀の寝ているベッドに駆け寄っていった。

Hは由紀の目をじっと見つめ、そっと手を握ると「私はここにいるよ、大丈夫だ」と静かに言った。

詩織の由紀に対する心の葛藤は、Hに対するものだけではなかった。

〝家族として受け入れる〟ということは、詩織の父・母・弟がそのまま由紀の父・母・弟になるということだった。

ある時、Hは由紀に「あなたはこの家族の一員になったんだよ」と言った。その言葉に頷く由紀は嬉しそうだった。

渡が、裕子が、透が「由紀ちゃん、由紀ちゃん」と言って、優しく受け入れようとしているのを見ると、何だか自分のポジションを奪われたような気がしてくるのだ。

特に、父の渡と由紀は妙に気が合っていて、二人の会話は不思議と弾んだ。

「お父さん、巨人の調子は最近いいんじゃないですか?」

「うん、このところ絶好調だね」

「家《ウチ》の父も巨人ファンなんですよ」

「それはよかったねー」

詩織と父の会話は、いつも詩織が話し手で父が聞き役だった。

詩織は父に自分の近況を話す。チューターのアルバイトのこと、裕子や透と最近交わ

した会話、時にはHさんとの思い出話……。

父は黙って聴いていて、時折一言、二言返してくれる。

詩織と父との会話は、詩織が小学生の頃からずっとそんなパターンだった。

だから、由紀と渡が楽しそうに会話しているのを見ると、羨ましくなってしまう。

詩織は、由紀が新潟に住む両親から大切に育てられてきたのを知っている。特に由紀と由紀の父とは、一緒に朝の散歩に出掛けたりして、近所でも仲のいい親子と評判になっているそうだ。

由紀ちゃんは実のお父さんに本当に愛されているのに、私のお父さんも由紀ちゃんのお父さんになるんだ……と思うと悲しい気持ちになり、その上、一気にHさん、裕子、透を家族として得た由紀が、ずるいような気にさえなってくるのだった。


由紀と詩織の関係は不思議だった。

詩織は由紀とはいつも見えない糸で繋がっているような気がしていた。特に由紀をHさんに紹介した時から、その見えない糸の存在が確かなものに感じられた。

夜中に、詩織はふと由紀のことが気になって電話したことが何度かあった。そうすると、たいがい電話口の由紀の声は不安そうだったり、明らかに無理して元気を装っていたりする。時には「ああ……こんばんは」と低い声でまるで普段の由紀ではないかのような、ぶっきらぼうな口調のこともあった。そんな時、詩織は何も気づいていないようなふりをして、全神経を研ぎ澄ませた。

そして直感に従って由紀との会話のキャッチボールを始める。

「今日、こんなことがあってね、こう思ったよ。由紀ちゃんはどう思う?」

「アトムがね、ケガしてきたんだよ。ほら、いま春で猫は恋の季節だからさ。オス猫同士がけんかするんだよ」

他愛ない話を続けているようでも、〝由紀に元気になってほしい〟という気持ちが伝わるのか、少しずつ由紀の声から打ち解けてくる気配が伝わってくる。それに詩織は由紀を笑わせるのが得意だった。詩織の言動は由紀の笑いのツボを刺激するらしく、素直に思っていることや感じていることを表現すると「詩織ちゃん、面白い!」と言って由紀はよくケタケタと笑った。受話器の向うから由紀の笑い声が出始めた頃合いを見計らっ

て、詩織は心をこめて訊いてみる。

「由紀ちゃんは今日、どんな一日だったの？」

そうすると由紀はその日あった嫌な事や、何となく落ち込んでしまった事を話し始める。詩織は無心で由紀の状態を受けとめる。すると、自然と話したいことが浮かんでくる。

Hさんの話をする事もあった。

「Hさんがね、日本にいる時、こんな事を言っていたよ」

Hさんの言葉を口にした瞬間、由紀の身を乗り出したような反応に、心がチクッとすることもあるが、電話の由紀の声が本来の明るい声に戻り、「詩織ちゃん、電話ありがとう」と心をこめて言われて電話を切る時、詩織はこの上ない充実感に満たされるのだった。

塾や大学の近辺や家の傍で、週に何度か由紀に会っていたが、由紀の様子がおかしい時は、詩織は会った瞬間にそれが分かった。そんな時、詩織は由紀の心を和ませようと必死になった。

でも、詩織自身が本当は由紀に会いたいのか会いたくないのか、よく分からない気持ちのまま、由紀と会っている時があった。

由紀とHとのことを考えていると、どんどん心の迷路に入り込んでしまうのだ。Hさんが日本に来たら、家族の一員である由紀ちゃんを家に呼ばなければならない。由紀ちゃんはまだ精神状態が不安定だから、Hさんと二人になる時間をつくってあげなければならない。私がHさんと二人きりになる時間はほとんどない。ああ、私は今度こそ由紀ちゃんを家族の一員として受け入れてあげることができるだろうか。自信がない。どうすればいいんだろう？　由紀ちゃんのことさえなければ、私はHさんのことをただ幸せな気持ちで想えるのに、由紀ちゃんのことを思うと、Hさんのことを想うのも苦しくなってしまう。

やがてその思いは高じて詩織の由紀に対する憎しみになった。

詩織は、人がこんなにも人を憎んでしまうことがあるのかと思った。〝女性の嫉妬は恐ろしい〟というが、本当にそうだと思った。こんな嫉妬を抱いているのに、毎日笑顔で由紀に接している自分は偽善者だ。本音はもう由紀とは関わりたくないのだ。そうすれ

ば、この苦しみから解放される。Hさんが日本に来た時に辛い思いをしなくて済む。

Hさんと由紀と自分について、詩織は年がら年中このような葛藤にさいなまれていた。詩織の心の中に潜む由紀への嫉妬に、由紀は気づいていた。それは、ナイフとなって時おり由紀の心を突き刺した。

Hさんを紹介し、家族の一員として迎えてくれた詩織を信頼している。感謝している。けれど自分を家族の一員として受け入れることは、詩織にとってはとても難しいことのようだった。詩織が無理をして頑張っているのが、人一倍人の心に敏感な由紀には、痛いほど分かるのだ。

時おり詩織の言動で、由紀は詩織から憎しみのようなものを感じることがある。

ある時、詩織と電話で話していて、立花家の掃除の話になった。Hさんが以前、来日した時に、みんなで立花家の掃除をしたという。由紀は昔から掃除をするのが大好きだった。

「私、今度遊びに行ったら、詩織ちゃん家《ち》のトイレ掃除するよ」

由紀にすれば、自分の好意から出た言葉だった。

しかし詩織からは意外な反応が返ってきた。

「……何か悲しくなってきちゃったな」

「え？　どうして？」

「だって家族以外の人に家の掃除について言われるなんて……」

その詩織の言葉はナイフのように由紀の心を突き刺した。

由紀の心からは血が流れた。

由紀は流れている血を呆然と眺め、ただ孤独感を深めるばかりだった。

# シゴト

「オトーサン、私に似合う〝シゴト〟は何だと思いますか？」

Hは来日する度に、渡にこの質問をするようになっていた。

「Hさんはドラマ作家の仕事が合っていると思いますけどね。それとも他にやりたい事があるんですか？」

最初に会った時、Hは自分が歌っている曲のカセットテープアルバムを見せて、シンガーソングライターだと自己紹介した。そのアルバムの中でHは時にはアップテンポのリズムに合わせて激しくシャウトし、時にはスローなバラードを切々と歌っていた。まだ二十代の前半に作ったというその曲集には、やや荒削りではあるが、ほとばしる情熱と瑞々しい感性の一端が確かに感じられた。学生運動をしていた頃に作った曲もあるという。ある日、学生集会で熱唱した姿が音楽プロデューサーの目に留まり、それが後に

歌手としてデビューする切っ掛けになったらしい。

その後、Hの招待で、家族揃って歌舞伎町にある韓国のカラオケレストランに行ったのだが、Hがステージに立つと前の方の客席から「キャー」とか、「Hオッパー《Hさーん》」とかいう歓声が飛んで、渡たちは一瞬何事が起こったのかとキョトンとした。声のした方に目をやると、若い二、三人の韓国女性が立ち上がってHに向かってしきりに声援を送っていた。あれはまぎれもなく、憧れのスターを見る目付きだった。

「Hさん、むかし会って間もない頃、韓国のカラオケレストランにみんなで行きましたよね。あの時Hさんのファンがキャーキャー騒いで凄かったじゃない。もう歌手をやる気はないんですか?」

「あの時はアルバムを出してからだいぶ時間が経っていましたから、私の顔を覚えているファンがいるとは思いませんでした。何だか急に恥ずかしくなってしまいました」

そういえば、赤くなって照れたような顔をしていた記憶がある。

「時々、外国でミニコンサートのようなものをすることもあるんですよ。でも、お金はもらいません。お酒ならいくらでも、もらいますけど……」と言ってHは笑う。

「私が歌ってみんなが楽しく元気になれば、それでいいじゃないですか。みんなが元気になれば、その元気をもらって私も元気になれますから」

もう、表立って歌手として活動する気はないらしい。

シンガーソングライターとしてマスメディアに登場したHは、人々にメッセージを伝えることに使命感にも似た喜びを覚えるとともに、より多様な表現の道を求め模索していた。

そんなHのもとに、共同でテレビドラマのシナリオを手がけてみないかという話が持ち込まれた。学生運動がドラマの重要なモチーフになっており、実際に活動家として鳴らしたHなら、リアルに実態を描写できるのではないかということだった。

そして放映されたドラマが、五〇%を超える驚異的な視聴率を獲得した。

これを機にHは努力を重ね、着々とドラマ作家としての地位を築いていったのだ。

韓国有数の財閥グループの総帥であるHの父は、息子には自分の跡を継ぐか、せめて医者か弁護士になってもらいたかったようだ。

しかし、戸籍の一件が発覚して以来、父に反発するHは、S大学の哲学科に進み、その後僧侶を養成する学校を卒業するや、師匠《サブ》のもと山に籠もり厳しい修行の生活に入る。やがてそこも免許皆伝となり、世話になった師匠《サブ》に別れを告げ地上での生活に戻ることになった。

山を降りたHはとたんに空腹を覚えた。喉も渇いていた。

ふらふらと歩いていると、さびれた一軒の中華料理店の看板が目に入った。Hは吸い寄せられるように店の中へと入っていった。

「コギヨー。ムルジョムチュセヨ(すみませーん。お水ください)」

やっとのこと声をしぼり出すように言うと、Hは椅子の上にへたり込んだ。

店主が現れた。

顔を上げたHに衝撃が走った。

いったいこれは何なんだろう。自分は頭がおかしくなってしまったのだろうか?

店主の顔を見た瞬間、相手の心の動きが手に取るように分かったのである。

〈こいつ髪は伸び放題で、汚らしい格好をして、金は持っているのかな? 金がないよう

ならとっとと追っ払ってしまおう〉

店主が投げるようにして差し出したコップの水を、一気に飲み乾し、しばし瞑目したHは、店主を見上げて言った。

「すみません、アジヨシ《おじさん》。私ずっと山で暮らしていたので、今お金はありません。でもあなたが頑張れば、きっと奥さんは帰ってきますよ」

店主は驚愕の表情を浮かべて言った。

「あんた、何でそんな事を知っているんだい！」

かつては安くてまあまあ旨いという評判で、順調に客も入っていたのだが、それに安住し、更なる味の工夫や、新しいメニューの開発を怠っていると、いつしか客足も遠のいていった。

自分の努力不足を顧みず、ヤケになった店主は、一緒に働いていた奥さんに、お前の愛想が悪いせいだと八つ当たりし、酒でイライラをまぎらわすようになった。

するとますます客足が途絶え、店は閑古鳥が鳴く状態へと陥ってしまった。

店主は酒びたりになり奥さんに暴力を振るうようになった。

店主に愛想を尽かし、これ以上一緒に生活していることに身の危険を感じた奥さんは、逃げるようにして店主の許を去っていった。

この店に漂っている異様な〝気〟からそこに携わっていた人々の暮らしや人間関係の模様が、Hには早送りのドラマを見るようにして分かってしまったのである。

「アジョシ、ちょっとお参りさせてください」と言うと、Hはお経を唱え始めた。

「オン マニ バムメオン……」

呆気にとられるように佇んでいた店主は、奥の方へ引っ込んだかと思うと、焼酎にキムチやナムルとご飯を載せたお盆を持って現れた。

「あんた、お坊さんだね。よかったら食べていきなさい」

「カムサハムニダ（ありがとうございます）」

祈祷を終えたHは、店主を見上げ、両手を前に差し出して言った。

「アジョシ、そこに座ってください。じゃ、一緒に飲みましょう」

Hと店主は焼酎を飲み始めた。

二人の会話が進むにつれ、Hの指摘する事がいちいち当たっているのに驚いた店主

は、次々と酒や料理をHの前に並べていった。

やがてHは鞄の中から、何やら分厚い本を取り出した。

易経の本である。

「アジョシ、同じ種類のコインを六個持ってきてください」

Hは、店主が持ってきたコインを両手で重ね合わせると、目を瞑り、ぶつぶつと祈りの言葉をつぶやきながら、それを手の中でシェイクし始めた。

「いいと思うところでストップと声を掛けてください」

Hの動きが徐々に速くなった。

両手が激しく揺れるにつれ、頭の真ん中で左右に分かれていた長髪が、ゆらゆらと揺れて顔にかかる。

Hの動きが一段と速くなった。

額からは汗が噴き出し、前髪の幾筋かが額にへばりついた。

「ストップ」

店主が声を掛けた。

Hはへたり込むようにテーブルに突っ伏した。

「お兄さん、クウェンチャナヨ（大丈夫）？」

店主がHに呼びかける言葉もいつしか〝あんた〟から〝お兄さん〟に変わっていた。

「クウェンチャナヨ」

Hは頭を上げ上体を起こすと、ゆっくりと右手を上げていった。

左の手の平には六枚のコインが重なっている。

Hは下から上に向かって順にコインをテーブルに並べていった。一番下のコインが表で、あとはすべて裏である。

「うん、やっぱりそうか」

Hは呟きながら易経の本を手に取り、ページをめくると、暫く本に見入った。

店主はただ突っ立ったままHの様子を見つめていた。

「ああ、そうか！　成程」

暫くしてHは言った。

「アジョシ、この卦は『地雷復』といって、すべての陰がだんだんと陽に変わっていく

形だって。これは浅春を表す卦ですから、これから草木の芽がじょじょに萌え出るように、一歩ずつ前進する時です――だって。よかったね。『復』はすべてのものをもとに返すという意味があります。そしてもとに戻ったものが、また第一歩からやり直すことです――。

だからアジョシ、自分のことをまずしっかりと反省することが必要ですよ。そして初心に帰って、やり直す心構えがあればきっと前のようにうまくいきますよ」

「そうすれば妻は戻ってきてくれるでしょうか?」

「それはアジョシの心がけ次第ですよ。奥さんの前で、これまでの事をきちんと謝って、これから心を入れかえて働くからと言えば、奥さんもきっと許してくれるでしょう」

「分かりました。妻は嫁いだ娘の家に転がり込んでいるようなんです。この娘の亭主がなかなかいい奴なんで、そんなに心配はしてないんですがね」

「まだそんな強がりを言うんですか! アジョシは寂しがりやで一人では生きていけないんですよ。違いますか? あなたたち夫婦は互いに心から助け合ってこそ、豊かな人生が築いていけると、この本にも書いてあるんですよ」

「分かりました。すみません」

店主は深々と頭を下げた。

「それから、アジョシの得意料理を一品ここで作ってみてください」

Hが言うと店主は頷いて厨房に入っていった。そして冷蔵庫から食材を取り出して、包丁で切ったりした後、油を敷いたフライパンの上に載せて炒め始めた。

Hも厨房に入り、店主の料理する様を眺めていた。

「できました」

店主が言うと、Hは傍にあった箸とスプーンで味見をした。

舌でゆっくりと味わいながら考え込むような仕草をしていたHは、コチュジャンや胡麻油、酢などの調味料をフライパンに加え、火にかけて混ぜ合わせた。

頃合いを見計らって火を止めたHは、再び味見をし、「うん、これでいい」と呟いた。

店主も味見をした。

「おー、かなり辛くてパンチの効いた味になりましたね。でもなかなか旨い」

「アジョシは本格的に広東料理を勉強したようですが、韓国人の舌にはもう少し辛い四

川風の味付けが合っていると思いますよ。明日はこれをいつもの半額にして出してみてください。ランチタイムサービスということにして。私も手伝いますから」

「分かりました。カムサハムニダ。あなたが手伝ってくれると大助かりです。今夜は二階の部屋に泊まっていってください」

「それはこちらも助かります。それからアジョシ、紙とマジックとテープを用意してください」

そしてHがマジックで「ランチタイムサービス」と書いた紙を店主に渡すと、店主はその下にランチの時間、品名と金額を書き添えていった。二人は同じ紙を何枚か作り、店の前の壁にテープで貼っていった。

「これでよしと。さあ、明日は忙しくなりますよ、アジョシ。明日に備えて今日は一緒にもっと飲みましょう」

翌日は店の前に行列ができるほどの大盛況だった。

Hはこの店で五日間寝泊りし、奥さんが戻るのを見届けてからこの地を後にしたという。

Hの携帯電話が鳴った。

ハイ、ハイと言いながら暫く笑顔で携帯に耳を傾けていたHは、急に顔を曇らせたかと思うと、韓国語で何やらわめき立て電話を切ってしまった。

「誰からですか」と渡が訊く。

「今度日本と韓国で合作のドラマを作ろうということになって、今その打ち合わせでみんな集まっているらしいんです。それで私に早く来てくれないかということでした」

Hが応えた。

「それじゃ、もう行った方がいいんじゃないですか」

「かまいませんよ。それより、FテレビのPDさん（韓国ではプロデューサーのことをPDという）からもらった日本酒があるんですよ。なかなかいい酒らしいんで、とりあえず一緒に飲もうと思って真っ直ぐここへやって来たんです」

「はい、オトーサン」

Hが渡のグラスに酒を注ぐ。

一升瓶が空になった。

日本酒の前にビールと焼酎もいくらか飲んでいた。

もう夜もすっかり明けて、時計の針はまもなく午前七時になろうとしている。

渡はHのグラスが空なのを見て、自分のグラスの酒を半分そちらに分けた。

カチンとグラスを鳴らして乾杯する。

「FテレビのPDさんにもらった酒もめでたく一晩で飲んでしまいました。やっぱりオトーサンは酒王《チューウォン》ですね。いや酒神《チューシン》かな。私は酒鬼《チュークウィ》ぐらいで」

中国語で酒豪のことを神や王や鬼の字をくっつけて、酒神《チューシン》、酒王《チューウォン》、酒鬼《チュークウィ》などと俗に言う。

「ところでこのPDさんね、最初成田空港で私を出迎えてくれた時は花束を持っていました。それで今回は私、花束で迎えられるのは恥ずかしいからやめてくれ、と言ったんですよ。でも目印に何か持っていた方がいいだろうということになって……。どうするんだろうなぁと思っていたら、この一升瓶を抱えていて、私を見つけると、頭の上にこれを持ち上げて、『H先生！』と叫ぶんですよ。みんなこっちの方を見てニヤニヤ笑っているし、やっぱり今回も恥ずかしかったんですよ」

空港で一升瓶を頭上にかかげて叫んでいるPDさんの様子を想像すると、渡も思わず笑いがこみ上げてきた。

「二人でどんな面白い話、してるの？」

渡たちが笑っていると、二階から裕子が起きてきた。

「じゃ、私はみんなの朝ごはんをつくります」

Hが言い、そろそろ眠くなってきた渡は、裕子と入れ替わるように寝室へと引きあげた。

その日の夕方、渡たちは、昔Hが住んでいたアパートの大家さんの家に向かっているところだった。

不意にHの携帯電話が鳴り響いた。

暫く相手の言うことを頷きながら黙って聴いていたHは、やにわに立ち止まり、言い放った。

「だから、ショウガないいんだよ！　あ、ショウユならあるんだけど……」

Hが渡の方を向いて笑っている。

「こっちも忙しいんですから」

「……」

「とにかく、ショウユはあってもショウガがないんだから……ショウガないんだよ」

Hは苛立たしそうに電話を切った。

「まったく、こっちにもいろいろとやる事があるんですから！　ねえ、オトーサン」

このショウガのギャグは、渡がいつかHに教えたような気もするが、定かではない。

とにかくHはとても気に入っているようで、その後、Fテレビの関係者にも連発し、そのバカバカしさが妙に受けて、テレビのCMに使われるというオチまでついた。

それにしても、当時まだ珍しかった携帯を、PDさんからお土産の日本酒を餌に(?)持たされたのだろうが、せっかくのPDさんの狙いも、Hにはまったく通じないようである。


Hが昔住んでいたアパートは、渡の家から歩いて二〇分ほどの距離にある。

この大家さんはかつて貿易関係の仕事をしていたが、今はもう引退して自宅の隣にある二階建て十部屋のアパート収入で悠々自適の生活を送っている。

アパートの部屋に住んでからも、Hは何度かこの大家さんの家に呼ばれて、いろいろ話をしたらしい。渡も付き合って二、三度訪れたことがある。

居間には、若き王選手と一緒に写った写真が額に入れて飾ってあった。

家も立派だし、子供たちも順調に独り立ちしている。傍から見ると何不自由ない暮らしにみえる。

隣の芝生は青く見えるという。

外から見るとこの家は典型的な「青い芝生」だ。

だが、人知れずいろいろと悩みを抱えているのが、人の世の常である。

この家の問題は、夫の健康と妻の嫉妬深さだった。

呼び鈴を鳴らすと、Hが「オヤジさん」と呼んでいたご主人が現れた。オヤジさんは糖尿病のせいか、左目が腫れぼったく、半分塞がったようになっている。家の中からは何やら女の人の歌い声が聞こえる。

「よお、Hさん、お久しぶり。いつ日本へ来たの?」

「昨日来ました。ハイ、これはお土産のキムチです。私の母が作ったものですが、どうぞ召し上がってください」

Hが来日する際は、たいがい数日前にアルミ缶にいっぱい詰まったキムチと、焼酎に韓国海苔などがぎっしり詰まった便が届く。

最近は、韓国製キムチは日本全国どこでも手に入るようになったが、Hのオモニが作ったキムチは絶品である。

「料理は愛だ」と言われるが、オモニのキムチからは、愛はもちろんのこと、作り手の品格のようなものが伝わってくるのである。

「オーイ、Hさんがおいでだぞ」

オヤジさんが家の奥に向かって声を掛けると、歌声が止んで、奥さんが現れた。

「まあ! Hさん。お元気?」

「オイ、キムチを頂いたぞ。Hさんのお母さんのお手製だそうだ」

「それはそれは、どうもわざわざすみませんねえ。じゃどうぞ、上がってください」

二人は居間へ通された。

テレビからはカラオケのメロディーが流れている。

「カラオケの練習中だったんですか」

渡が訊くと、奥さんは恥ずかしそうに頷いてテレビの画面を切り、台所へと引っ込んだ。

今時はカラオケ専用のテレビチャンネルがあるらしく、出窓の棚の上には、演歌歌手の名前や曲名を書いたシールが貼ってあるビデオのカセットがずらっと並んでいた。

「最近よく一緒にカラオケに行くんですよ」

オヤジさんが言う。

奥さんがお茶を持って現れた。

「でも俺が他の女の人とデュエットしたり、話をしたりすると、こいつヤキモチを焼いて……大変なんだよ。帰ってからブスッとして口も利かないし……」

この二人がよく行くのは個室のカラオケルームではなく、昼間は喫茶店で夜はスナックになるような店らしい。

オヤジさんは七十代半ばで、奥さんはそれより七、八歳若いぐらいに見える。その年で亭主にヤキモチを焼く奥さんも奥さんだが、それをグチる亭主も亭主だと、渡は一瞬微笑ましい感じもしたが、オヤジさんの目は笑ってはいなかった。

「まだ若いんですねえ、二人とも」とHが言う。

「まったく、羨ましい限りで……」

渡も半ば茶化すように言うが、場の空気が和む気配はない。

オヤジさんは苦笑いを浮かべ、奥さんは膝の上に載せたお盆を抱えたまま、じっと俯いている。

「奥さん、割り箸を二本持ってきてくれませんか。それとボールペンを」

正面に飾ってある額のあたりをぼんやりと見ていたHが、突然に言い出した。

奥さんが言われた通り持ってきた割り箸を割って四本にすると、Hはその先の細い方に何か書いている。

「これでよしと。さあ、これからちょっとしたゲームを始めましょう。この棒には〝王〟という字と1から3までの数字が書いてあります。四人でジャンケンをして負け

た人からこれを取っていきます。そして〝王〟を取った人が命令します。1番の人、歌を歌ってください、という風に。いいですか?」

Hはその場にいる人たちの意識を自分の方に集中させるためにいろいろな方法を用いるが、こうしたゲームもそのひとつなのだろう。

こうして何となく、Hの提案にみんなが従わざるを得ないような場の雰囲気ができあがっていくのだ。

Hが太い方を上にして、四本の棒を左手に持ち、四人はジャンケンをした。

パーが二人でグーとチョキがひとりずつ。

やり直しだ。

次はチョキが二人でグーとパーがひとりずつ。

またやり直しだ。

「さあ、今度は決めましょう。みんな集中してください。いきますよ。ジャンケンポン!」

オヤジさん、渡、奥さんと棒を取り、Hの手元には最後の一本が残る。

みんなは取った棒の下の方を見た。

案の定、Hが切り出した。

「3番の人は2番の人の肩を揉んでください。心をこめて十回お願いします」

渡の取った棒は1番だった。

オヤジさんが棒の先を上に向けて、左右に軽く振りながら訊いた。

「2番の人は誰？」

「決まってるじゃないですか」とHが応える。

奥さんが照れくさそうに笑いながら手を上げた。

オヤジさんは棒をテーブルの上に置き、ソファーから立ち上がると、ゆっくりと奥さんの背後にまわり肩に手を置いた。

「しょうがないなぁ」などと呟いている。

「じゃ、感謝の気持ちをこめてお願いします。セーノ、イーチ！」

Hと渡の掛け声に合わせ、オヤジさんは奥さんの肩を揉み終えた。

次もHが〝王〟だった。

「1番の人が3番の人にキスをしてください」

渡の取った棒は2番である。

「えーっ、嘘!」

奥さんは真っ赤になって手で顔を隠した。

「何だよ、今さら……」

オヤジさんがボヤく。

「オヤジさん、今さらって何ですか! よその女の人とカラオケでデュエットしたり、仲良くおしゃべりしたりするのはよくても、奥さんにキスされるのは嫌なんですか!」

Hは笑いを交えながらも、ここぞとばかりの迫力をこめて言った。

「まったく、Hさんには敵わないなぁ」

オヤジさんは苦笑している。

「ほっぺたでいいですよね」と奥さんが言い、立ってオヤジさんの横に行くと、すばやくほっぺにチュッとキスをした。

「イェーイ!」

Hと渡は拍手して喝采をあげた。

奥さんはその足ですたすたと逃げるようにして台所の方へ行ってしまった。

「すっかりHさんのペースに乗せられてしまったな……」

オヤジさんが言っていると、奥さんがビールやおつまみを持って現れた。

「Hさんたちにはこの方がいいんじゃないかしら」と言いながら、グラスにビールを注いでいく。

「もっとやりますか?」

Hが割り箸の棒を手元に集めながら訊いた。

「これ以上、人前でカミサンとキスするのは御免だよ。あとは誰もいないところで……なんてね」とオヤジさんは笑いながら言い、俺は控えているから、と渡たちにビールを奨める。

「じゃいただきまーす」

渡と乾杯して、ビールを一口飲んだ後、おもむろにHは切り出した。

「世の中で一番大切なものは愛だ、と私は思います」

オヤジさん夫妻の方へ身を乗り出すようにしてHは言った。

「でもその愛を邪魔するものがあるんです。それは〝ギシン〟です。日本語で何と言うの？」と渡の方を向いて訊く。

「疑う心と書くんじゃないの。それは日本語でも同じだよ。疑心暗鬼の疑心ですね」と
オヤジさん夫妻に確認するように渡が言った。

「オヤジさん、オヤジさんはカラオケに女の人をナンパしようとして行っているんですか？」

「そんなHさん！　この年になってナンパだなんて、そんなことするわけないじゃないですか。ただ、歌ったり、しゃべったりして、その場が楽しければそれでいいんですよ」

「そうでしょう！　奥さん、オヤジさんを信じてあげなさいよ」

「でも、昔いろいろあったみたいだから……」

「何もないよ！　お前が勝手に疑ってるだけだろう！」

「だから奥さん、疑心を捨てることですよ！　ただ愛して信じればいいんですよ。簡単なことです。でも怖いんですよ。人間の心って、疑いだしたらきりがないし、そのうち

何でもないことまで疑わしくなってきて、どんどん鬼の世界へ入っていってしまうんです。〝疑心暗鬼〟ってそういうことでしょう。心の中に鬼が育ってしまうんです。そうならないためには、疑心を捨て去りひたすら相手を愛して信じることです。愛すれば信じられるんです。愛の世界に入りましょう。そうすれば、きっとオヤジさんの目もよくなりますよ」

奥さんは神妙に頷いている。

「じゃ、そろそろ始めましょうか」

ビールをグラス二杯ほど飲んだ後、Hは言った。

Hと渡、オヤジさんは隣の座敷の間に移り、オヤジさんをうつ伏せに寝かせた。

まず足首から足の指先へと揉んでいく。

気功マッサージである。

人間の体には経絡と呼ばれる〝気〟の巡る通路がある。

病気の人や元気のない人には、この経絡に悪い気が溜まっていたり、淀んでいたりして、〝気〟がスムーズに流れていない人が多い。

気功マッサージは、相手の中にある悪い気を取り去り、自分の持っている良い気を相手に与えることによって、〝気〟の巡りをよくするものである。

少し鍛錬すれば誰でもある程度はできるようになる。

「手当て」という言葉はここから来ているらしい。

Hが人差し指と中指でオヤジさんの足の指を一本ずつ挟み、親指を支えにして手前に引っ張ると、パチンという小気味のいい音がして、オヤジさんはウッと悲鳴をあげた。

マッサージは腰から背中へと移り、上半身を起こして肩から首筋、頭部へと移っていった。

Hはオヤジさんの前へ回ると、肩で大きくひとつ息をした。額からは玉のように汗が噴出している。

渡はずっとHの背後についている。

後ろからHに〝気〟を送っているのである。

Hは暫く呼吸を整え、額の汗を腕でぬぐってから言った。

「じゃ、いきますよ。オトーサンよろしく」

Hは右手を自分の額からこめかみの周りに当て、手刀を振りかざすように気合をこめてオヤジさんの左目に沿って宛がった。

自分のこめかみから出る念波を指先に伝え、それを〝気〟として相手の悪いところに宛がうのである。指の先からは最も〝気〟が出る。

Hが相手に〝気〟を送る時は、自分の良い〝気〟を相手に与えるのと同時に、相手の悪い〝気〟を自らの体に吸い取っている。だから自分の肉体が受けるダメージは相当なものがある。そのダメージを少しでも早く回復させるため、渡はHの後ろから〝気〟を送っているのである。

Hの動きが速くなった。

「ハッ！」「ハッ！」と掛ける気合にも熱が帯びてきた。

手刀を振りかざすたびに、Hの顔面から汗がしたたり落ちた。

やがてぐったりと肩を落としたかと思うと、がくんと膝が折れた。

そのまま前のめりに倒れそうになるHを、渡は後ろから必死に支え、腰から背中のあたりに〝気〟を送り続けた。

暫くしてHは意識を取り戻した。

「大丈夫です」

Hは再び顔面から腕へとマッサージを加え、足の指にしたのと同じ事を手の指にも行って一連のマッサージを終えた。

居間のソファーに戻ると、テーブルの上には出前の寿司と新たなビールが用意されていた。

「お疲れさまでした。どうぞ召し上がって」

奥さんが声を掛けた。

ソファーに座り、マッサージの間はずしていた眼鏡をかけ直したオヤジさんを見て、渡は驚いた。

何と、あれだけ腫れていた左目がすっきりと開いて、黒い瞳が鮮やかに見えるではないか。

「オヤジさん、鏡を見てくださいよ！」

Hと渡は異口同音に叫んでいた。

その後、寿司をご馳走になり、仏壇と神棚にお参りしてから、二人はオヤジさん宅を辞去した。

それにしても、Hがオヤジさんの目に行ったことは、渡にはまさに神技としか思えなかった。

相手の悪い〝気〟を吸い取って、自分の良い〝気〟を相手に送る――いわば自分の体を浄化装置のように使っているのだ。

あの後暫く休んだとはいえ、まだ体力的には相当に消耗しているはずだ。だから、これで家に帰ると思っていた渡は、次のHの言葉には少なからぬショックを受けた。

「もう一軒、行かなければなりません」

できれば今日はこのまま帰って、体力の回復に努めた方がいい。

だがHが行かなければと言うからには、今Hを必要としている人たちが近くにいるということだ。大分後になってから渡たちも知る事になるのだが、実はこの頃から、Hは病魔に蝕まれ始めていた。症状に伴う倦怠感や痛みは想像を絶するものに違いない。

だが、これまでも自らの体力の限界を気力で乗り越えてきた。

それがHのスタイルだ。

これは一貫して変わらない。


酒屋の看板が見えてきた。

酒屋といっても、「万福商店」といって、食料品や日常雑貨も扱っている。Hがオヤジさんのアパートに住んでいた頃、行き付けだった店である。

時刻は十時を回っていた。

店はもう閉店していてシャッターが閉まっているので、裏の玄関へまわって声を掛けた。

一階が店舗で、二階に女主人であるオバサンと、長男夫婦が住んでいる。

長男の嫁さんに出迎えられて、やや急勾配の階段を上がろうとすると、上から大型の白い雑種犬が突進してきて、渡たちに盛んにじゃれ付く。

女主人であるオバサンは、挨拶もそこそこにしゃべり始めた。

コンビニに改装しないかという誘いが来ていると言う。全国チェーンのコンビニ店か

らである。

長引く不況で消費が低迷し、個人商店が軒並み潰れてゆく。やがて大資本に吸収されて、チェーン店へと変貌する。

こうして街並みから個性が失われてゆく。

それでも生き延びるためには致し方ない。

これまで仕入や在庫の調整に気を遣ってきたが、今後はそんなことに神経を使う必要はない。すべて先方の指示通りにすればいいのだ。その点は気楽といえば、気楽だ。

ただ二十四時間営業ともなれば、これまでのように二人で和気あいあいとやってゆく訳にはいかない。

当然、従業員も雇わなければならないだろうし、誰かが交代で夜中も起きていなければならない。

でもそんなことは大した問題ではない。

これも時代の趨勢だろう。

何より、夫の先代から受け継いできた、「万福商店」という店の看板を下ろさなければ

ならないと思うと、亡くなった姑に申し訳なく、悔しさがこみ上げてくる。

自分がこの店に嫁いで間もなく、義父が癌で亡くなった。

それ以来、姑が中心になり夫と三人でこの店を守ってきた。

その夫も義父と同じ癌で十年前に亡くなった。

そして姑も四年前に亡くなった。

姑もこの事態を見ずに逝って、かえって幸せだったのかもしれない……。

「もう息子たちにバトンタッチした店だから、あの子がしたいようにすれば、あたしは構わないんだけどね……」

オバサンは俯いて、潤んだ目元をそっと手でぬぐった。

風呂場の方から「オーイ」と声がして、嫁さんが駆けつけ中に入ると、バスタオルにくるんだ幼児を抱えて出てきた。

もうすぐ三歳になるという男の子である。

Hがオヤジさんのアパートに住んでいた頃、この店の人たちと仲良くなり、例によっていろいろとアドバイスをしたらしい。

特に亡くなったお祖母さんからは、「私の最後の恋人」と慕われた。

お祖母さんは、死ぬ前にひと目ひ孫の顔が見たいと、Hにせがんだ。

「残念ですが……」とHは言った。

生命の誕生には順序があって……この家の場合は、お祖母さんが先祖の許へ行かれたら、新しい生命が授かる運命です――と。

お祖母さんはその言葉に満足げに頷いて、それから数日後に息を引き取ったという。

そして一年後に、長男夫妻の子供が誕生した。

その子が今、母親の手をすり抜け、裸で犬と一緒にあたりを走り回っている。

嫁さんは早く捕まえて服を着せようとしているが、子供はひたすら、やんちゃに犬と戯れている。

長男が風呂から出てきた。

渡たちを見つけて、ぼそっと挨拶する。三十代前半で太ってもっさりしている。人はいいのだが、どこか昼行灯のような印象を受ける。

オバサンも口では息子にバトンタッチしたと言っているが、内心では安心して息子に

任せる気にはなれないかもしれない。

その代わりと言っては何だが、嫁さんはハキハキしていて愛嬌がある。

どうもこの家は、女性が主導権を握る運命にあるらしい。

Hが昼行灯の背中をポンと叩いて声を上げた。

「お前がしっかりしないといけないんだよ！」

家族が揃ったところで、店の先行きについての話が再開された。

コンビニ店に鞍替えすることで、三人の意思はもう固まっていた。

Hは先方が提案している出店計画を考慮しながら、店舗の改装を行う日程と、コンビニ店としてオープンする日にちを指定した。

「このスケジュールでやれば問題ないでしょう」

具体的な方針が打ち出されたことで、目の前の霧が晴れたかのように、みんなの表情が明るくなった。

明朝早くに仕入れに出掛けなければならないので、と言って長男は寝室に引っ込んだ。

そろそろ引きあげ時かなと、渡が思っていると、下へ行ったオバサンが店のビールを

持って上がってきた。

「ハイ、Hさんのお水」

オバサンはHが二階へ来るたびに、これまでもそう言ってHにビールを出したのだった。

「コンビニになっちゃうと、勝手にこんな事もできないねぇ」と言いながら、渡とHのグラスにビールを注いでいく。

「Hさんにはっきりと決めてもらってホッとしたよ。今日はあたしも少しもらうよ」と自分のグラスに注ごうとするのを遮って、Hがオバサンのグラスに注いだ。そして三人で乾杯した。

「長く生きていると、いろいろあるねぇ」と感慨深そうに、オバサンはグラスを握った右手をじっと見つめた。

三人は黙ってビールを飲み、煙草を吸った。Hも疲れているのかあまりしゃべらない。犬がHの方へ行ったり、渡の方へ行ったりして、じゃれつくので間を持て余すこともない。

子供を寝かしつけた嫁さんが戻ってきて、裂きイカと柿の種を盛り合わせた皿をテーブルの上に置いた。途端に犬が嫁さんの方にじゃれついてくる。嫁さんは、おとなしくしていなさいと犬を叱った。叱られた犬は、すごすごとテーブルの下にもぐりこんで小さくなった。

Hはテーブルの下をのぞき込んで、かじりかけの裂きイカを犬に向かって振ってみせた。

渡が下をのぞくと、犬はHの方に尻尾を振って、Hの差し出した裂きイカにかじりついている。

渡が顔を上げると、オバサンは右肘をテーブルに付き、裂きイカをつまんだ右手を眺め、切ない表情を浮かべている。

犬の方を見ていたHがふと顔を上げ、隣にいるオバサンの方を見て、どうしたのかと訊いた。

一年ほど前から右手の中指が曲がらないのだと、オバサンは答えた。

オバサンは右手の人差し指と親指で裂きイカをつまんでいたが、中指はぴんと伸びたまま

だった。

Hはどれ、と言ってオバサンの方へ向き直ると、オバサンは裂きイカを放して右手を差し出した。

Hは暫くオバサンの右手の指を握っていたが、嫁さんに向かって言った。

「塩と竹を用意してください。塩はお清めに使うような天然の塩で、竹はなるべく若い竹がいいです」

さすが雑貨を扱う店だけあって、両方ともすぐに見つかった。塩は特別に祈祷した塩で、竹は足踏みに使う竹だった。

Hは竹の窪んだところに塩を載せ、それをジッポーのライターで焙った。

Hはさらにガーゼを頼み、その上に焙った塩を載せていった。

「少し熱いけど我慢してね」とHは、ガーゼにくるんだ塩をオバサンの右手の中指に宛がい、包み込むようにした。

オバサンはウッと声を出し、顔をしかめた。そのまま眉間にしわを寄せて、じっと熱さに耐えているようだ。

Hが左手で宛がったガーゼを押さえ、右手でオバサンの中指に塩を擦り込むようにすると、オバサンはたまらず眉根を寄せて目を閉じてしまった。歯をむき出しにして食い縛っている。

Hはオバサンの中指を右手で握り締め、ただひたすら〝気〟を送っている。

Hの額にはうっすらと汗が滲んでいる。

嫁さんがおしぼりを持ってきた。

Hはおしぼりにちらっと目をやると、左手の甲で自分の額の汗をぬぐい、オバサンの中指に宛てていたガーゼをはがした。

塩はもうほとんど溶けて無くなっていた。

Hはおしぼりでオバサンの指を拭き、手首から指先にかけて軽くマッサージをした。

それからまた、塩を竹に盛り始めた。

「じゃ、もう一回」

先程までの一連の動作が繰り返された。

渡は椅子を移動してHの後ろに座り、背中からHに〝気〟を送った。

そして三度目の塩が無くなると、Hはオバサンに指を動かしてみるようにと指示した。

「あら……」

オバサンの中指が最初は微かに、やがて少しずつ曲がるようになると、オバサンはニッコリと笑みを浮かべた。

Hはさらにオバサンの手首から中指の先にかけて、丹念にマッサージを行った。

Hの背中からは汗が湯気になって立ち昇っている。

Hのマッサージが終わる頃には、オバサンの中指はほぼ完全に曲がるようになっていた。

「Hさん、お疲れさまでした」

嫁さんが新しいおしぼりとビールを持ってきた。

Hは顔から上半身にかけて、汗でびっしょりになっていた。

「信じられないわ！　まさかこの指が曲がるようになるなんて……」

オバサンは心底嬉しそうに、右手の中指を曲げたり伸ばしたりしている。

やがてオバサンはHの方に向き直り、お礼を言って頭を下げた。そしてHのグラスに

ビールを注いだ。

Hは汗を拭いたおしぼりを首にかけて、両肘をつき、ぐったりとした様子だったが、オバサンと渡に向かってお疲れさまでしたと言い、それぞれにビールを注いだ。

三人はまたビールを飲み、煙草を吸った。

渡とHが酒のつまみを何種類かお土産にもらい、「万福商店」を後にする頃には、時計の針は午前二時半を回っていた。

「Hさん、大丈夫？」

渡が労《ねぎら》いの言葉を掛けると、Hは「ハイ、大丈夫です」と応えて歩き出した。角を曲がって玄関先で見送る二人の姿が見えなくなると、急にHはその場に崩れ落ちるようにして、倒れこんでしまった。渡はかろうじてHの背中を支えていたが、Hにはもう歩く力は残っていないようだった。今にもその場で眠り込んでしまいそうだ。こうしていても埒《らち》が明かない。

渡は、Hの持っている携帯を借りて、裕子に連絡することも考えた。タクシーを捕まえてここまで来てもらうのだ。だが、裕子には明日もパートがあるはずだと思うと、こ

の時間に起こすのはためらわれた。

渡は何とかHを立たせ、背中におぶり引きずるようにして歩き始めた。

タクシーの通る大通りの方へ向かって行くと、背中でHの声がした。

「……あの人達が少しでも幸せになれば、私はそれでいいんですよ。ああ、もう私は大丈夫ですから」

Hは渡の背中から降りると、しっかりと立ち上がり静かに語りかけた。

「自分を捨てるんですよ。自分を空っぽにすれば、そこにあの人たちの心が入ってくるんです。あの人たちの悩みや痛み、苦しみがわかれば、それが解決した時、それはあの人たちの幸せと同時に、そのまま私の幸せにもなるんです。それに、自分を捨てる事は、決して自分を失くす事じゃないんですよ。捨てたものは後で拾えばいいんですから」

そう言うとHは不意に顔を上げた。

「オトーサン、タクシーが来るよ」

するとわき道から急にタクシーが現れた。

「ベンツだよ！　オトーサン」

渡たちの前に停まったのは、何とメルセデス・ベンツのマークが付いた個人タクシーだった。

「オトーサンが将来乗る車はベンツだよ」

Hは嬉しそうに言ってタクシーに乗り込んだ。

元気が戻ったかのようにみえたHだったが、車が発車すると途端に眠り込んでしまった。

タクシーが自宅前の通りに着いたので、渡はHを起こした。

車を降りて、Hに肩をかして歩き出すと、Hが言った。

「オトーサン、私の〝シゴト〟は何ですか?」

渡はハッとして反射的に答えていた。

「Hさん、あなたの仕事は人助けです! 分かりましたよ! あなたの仕事は人助けなんですね」

渡はこみ上げるものを必死でこらえて、夜空を見上げた。

今夜の星はやけに滲んで見えた。

# 詩織の日記（3）

今年は二十世紀最後の年。そしてその一月にHさんが日本にやってきて、由紀ちゃんを交え、六人で清郷へ行くことになりました。

清郷には母方の伯父さんが持っている別荘があるので、たまに使わせてもらっています。これまでも家族の四人で行ったことが数回あるし、Hさんと五人で行ったことも二回あります。

清郷へ行く準備を整え、家を出る前に道中の無事を祈り、Hさんとみんなで仏様と神様にお参りしました。

Hさんは何度も何度も立ち上がっては祈り、頭を畳につける祈りの動作を繰り返していました。それを見た由紀ちゃんは、滑稽に感じたのか思わず「ぷっ」と吹き出してしま

いました。

「誰！」厳しい口調のHさんの声です。

「すいません」と由紀ちゃんは神妙に謝りました。

みんなでお参りを済ませ、家を出たのですが、行く道のり、由紀ちゃんの元気がありません。

小諸行きの急行列車に六人で乗り込むと、空いている席は少なく、ポツリポツリと空席があるばかりです。みんなで一緒に座るのは無理でした。Hさんは先頭に立って空席を探し、「オトーサン、オカーサン、あそこに座ってください。ルークンはあそこが空いているよ」と順に座らせていきました。

Hさんと由紀ちゃん私の三人が列車内を歩いていると、一つ空席が見つかりました。私がどうすればいいだろう……と思っていると、由紀ちゃんが「詩織ちゃん、座って」と言いました。私はその時、由紀ちゃんの目を見ながら、ああ、由紀ちゃんはHさんと二人だけになりたいんだ……と感じていました。

「うん」と頷いて私は座りました。本当は座りたくなかったけれど、座らなきゃと思い

ました。私は座って二人の後ろ姿を見送りました。

二時間ほどして列車が小諸に着き、ホームで四人が待っていると、Hさんと由紀ちゃんが列車から降りてきました。由紀ちゃんはHさんのサングラスをかけていました。

〈由紀ちゃん、泣いちゃったんだな〉と私は思いました。私も以前Hさんが日本に一年以上いてくれた時に、電車の中で泣いて、Hさんが私にサングラスをかけてくれた思い出があったからです。

由紀ちゃんは列車に乗り込む前よりもスッキリした雰囲気になっていました。

Hさんが私に近づいて来て言いました。

「詩織、由紀ちゃんは仏様にお参りした時の事を気にしていたんだよ」

「やっぱりそうか……」

「詩織、別荘に着いたら由紀ちゃんに〝大丈夫だよ〟と言って励ましてあげるんだよ。そして、今の由紀ちゃんの気持ちを聞いてみるんだよ」

「はい」

別荘に着き、二階の部屋の窓を開けて、由紀ちゃんと庭の冬木立を見ながら、「由紀ちゃん、大丈夫?」と私が訊くと、由紀ちゃんは「大丈夫」と答えました。

「由紀ちゃんは今どんな気持ち?」と私が訊くと由紀ちゃんはしばらくの沈黙の後、「私、みんなにこんなにいろいろと、してもらっていることが……申し訳なくて……」

見ると由紀ちゃんの横顔は涙ぐんでいます。

「みんな仲間なんだから大丈夫だよ」と私が言うと由紀ちゃんは頷きました。

けれどその後、皆でバーベキューの準備をしている時、Hさんが由紀ちゃんをからかって、由紀ちゃんが笑ってはしゃいでいました。その様子を見ていた私は段々といたたまれない気持ちになっていきました。お父さんやお母さん、透クン、皆の楽しそうな様子の中で私一人の心が暗く沈んでいき、自分はこの場にそぐわないと感じました。私は一人、そっと皆の輪の中を離れ、二階の部屋へ行きました。

一人で物置部屋にこもっていると、昔いたずらをして、お母さんに見つかるのが怖くて押入れに隠れていた時のような気分になり、ますます心が重くなって、みんなのもとへ戻れなくなってしまいました。

やがてHさんがやってきて、部屋のドアをノックしました。

「開けなさい！」と言われても開けられないでいると、ロックしてあるはずの部屋の鍵がひとりでに開いて、そこにHさんが立っていました。

「そんな心で何ができる！！！」

何もできない心だと感じました。

「ずっるい！　卑怯でいやな女だ！」

本当にそうだと思いました。もう本当にHさんに嫌われてしまうと思いました。

「本当の心だと思うか？　それが！」

何も言えませんでした。

Hさんの言葉、迫力に私は茫然自失となり、泣き崩れました。もうHさんに会えなくなってしまうと思いました。

ごめんなさい！

私は必死に祈ってやっとHさんの氷のような目を見つけ、それをじっと見つめました。

そうしたらHさんが私のほほにそっと触れて……。

でもその瞬間、その場にバタン！と倒れてしまいました。

私のせいで、私の卑怯さ、弱さ、ずるさのせいで、Hさんが痛めつけられているのを感じました。

茫然と座り込んでいる私のもとへ由紀ちゃんが様子を見にやって来ました。由紀ちゃんは私を一目見ると、「詩織ちゃん！……」と叫んで私をぎゅーっと抱き締めてくれました。

「由紀ちゃん……」

私はまた泣き出してしまいました。

その後、意識を取り戻したHさんは、私と由紀ちゃんの手を取りこう言いました。

「二人が仲良くしていれば、私はずっと二人のそばにいるよ」

私と由紀ちゃんは同時に「はい」と深く頷きました。

清郷から我が家に帰ってきた晩のことです。私はベッドに、由紀ちゃんはその隣で蒲

団に横になっていました。

私が「由紀ちゃん、清郷でのことごめんね……」と言うと、

「詩織ちゃん、私たちはどっちもどっちだと思うよ。詩織ちゃんが私を見て不安になるのには私にも原因があると思うんだ。こんなこと言っていいかどうか分からないけれど、私、清郷に向かう列車の中で、Hさんを独り占めしたい！って思ってしまったの」

突然の由紀ちゃんの告白に私は思わず、

「それはみんなそうだよ。家《ウチ》のお母さんにだってそういう気持ちあるんだよ。家のお母さんがHさんを好きなの知ってた？」

由紀ちゃんはふっと微笑んで、

「うん。清郷でお母さんと一緒にバーベキューの準備をしている時に気づいたよ。お母さん、可愛いなって思った」

「でしょう？でも実は私、お母さんに対してもHさんとのことで葛藤を感じたこともあったんだ。エへへ」

私と由紀ちゃんが言葉を交わしている間、猫のアトムがやってきて、私の寝ているベッ

ドと由紀ちゃんが寝ている蒲団の上を、まるで時計で計ったかのように行ったり来たりするのです。私たちはアトムの律儀さに思わず笑ってしまいました。

Hさんが「二人が仲良くしている時、私はそばにいるよ」と言ってくれた言葉は本当だと感じられることは度々ありました。

二人で公園のベンチでお昼休みにお弁当を食べて、楽しくおしゃべりして過ごしている時に、ふと沈黙が流れた後に優しく吹いてきた風……。

私と由紀ちゃんで一緒に花を見ている時。

二人は「きれいだね」「かわいいね」と同じ花を一緒に見つめていました。

その時二人は花だけではなく、二人の心の中に存在しているHさんを感じていたのだと思います。

Hは立花家の周辺を散歩していた。

散歩するといっても、ただ気晴らしや気分転換でやっているのではない。散歩しながら辺りに悪い気があれば、それを祓《はら》って浄化していくのだ。

二、三分歩くと、小さな公園があった。

ブランコ、滑り台、ジャングルジム、砂場。

どこにでもある公園の風景である。

その公園を通り抜けると、急に強い霊気を感じた。

まだ亡くなって数年。現世ではかなり徳を積んだ霊のようである。

〈そうか、成程。〉Hの顔に人知れず笑みが浮かぶ。

Hの域には遠く及ばないが、人助けに生涯を貫いた人物だ。

〈この霊は人助けをしながら一人娘を育てたんだな……。〉

その霊がHを呼んでいる。Hに助けを求めて呼んでいる……。

# 風間家

くるみはそわそわして落ち着きがなかった。

さっきから厨房の中を行ったり来たりしている。気が付くと、自然と店の柱に掛かっている時計の方に視線がいっていた。

――ママ遅いな……。もうそろそろ帰ってきてもいい頃なのに。

母親の友恵が珍しく病院へ行ってくると言って出掛けてから、かれこれ四時間ほどが経過していた。

今朝、友恵はなかなか起きてこなかった。くるみが仏壇にお参りをし、朝食の支度を終える頃になってようやく、寝室からパジャマ姿を現した。

なんだか顔色が冴えない。

「ママ、どこか具合でも悪いの？」

「う、うん。ちょっとね」

友恵は言葉を濁して洗面所の方へと向かっていった。

それでも顔を洗い、着替えて仏間に向かう頃には、幾分シャキッとしているように見えた。

「私も、もう一度お経をあげようかしら」

くるみは呟いて、友恵の後について仏壇の前に行き、隣に並んで座った。

「なんだかねー」

自分の横に座ったくるみを見て、友恵は苦笑いを浮かべた。

「金魚のフンみたいだと言いたいんでしょう」と、すかさずくるみが言う。

風間家は夫の健治に妻の友恵、長男涼介、長女くるみの四人家族である。

夫の健治は沢井圭悟という芸名の俳優である。時たまテレビの時代劇などに出ることもあるが、主として舞台で活躍する中堅どころの渋い役者である。

地方での公演が多く、家には時々しか帰らない。したがって普段は親子三人での暮ら

しが多く、風間家はどことなく母子家庭のような雰囲気が漂っている。

家は三階建てになっていて、三階は長男の涼介が仕事場と寝室を兼ねて使っている。三階へは誰も立ち入らせないが、屋上のサンルーフから見える限りでは、パソコンや音響機器の類が所狭しと並んでいるようだ。

二階には友恵とくるみの部屋がそれぞれあり、仏壇が置いてある座敷や台所、居間などがある。

一階は店舗でカフェレストランになっている。くるみが料理を作り友恵が手伝う形だ。くるみは料理学校を卒業後、フレンチレストランでフランス料理やケーキ作りの修業を経て、念願だった店のシェフに納まっている。

一階の店の奥は健治の部屋になっている。

夫の健治は留守がちだし、長男の涼介も食事で二階へ降りてくる時以外は、ほとんど自室に籠もって仕事をしている。

したがって友恵とくるみは、ほとんどの時間を二人で過ごしているのである。何処へ行くのもたいがい一緒だ。

二人とも歌手、小早川和成の熱狂的ファンだった。

彼はもともと人気バンドのヴォーカルを担当していたが、グループが解散してソロ活動を開始してからも、ドラマの主題歌を手がけてヒットを飛ばし、五十代半ばを過ぎた今でも、女性ファンに根強い人気を保っている。

小早川和成のコンサートが関東エリアで行われる時は、二人は何を差し置いてもコンサート会場へ駆けつけるほどの熱の入れようだ。

友恵は少女時代には宝塚のファンだった。

思い込むと一途になるタイプである。

夫の健治との馴れ初めも、まだ売れない役者だった頃にファンとしてたびたび楽屋を訪れ、差し入れなどをしたのが切っ掛けだった。

二歳年上の姉さん女房として、世話女房ぶりを発揮した友恵だったが、夫が役者沢井圭悟として少しずつ名前が売れてくるに従い、彼の女性問題に頭を悩まされることになった。

〝浮気は芸の肥やし〟という手前勝手な信念を持っているから始末に終えない。何度も

離婚しようかと思いつめたが、子供の将来を考え今日まで我慢してきた。

夫に愛想が尽きた分、長男の涼介に期待する比重が高まっていった。

何とか一日でも早く、一家の柱になってくれないものかと常日頃ハッパをかけるのだが、おっとりした口調でいつものらりくらりとかわされる。友恵にしてみれば、まったく歯がゆい限りなのである。

涼介は自室にパソコンを何台か置き、ホームページの作成などIT関連の仕事をしている。大学を卒業後、ソフトウェアの会社に就職したのだが、入社三年目を迎えた頃から残業につぐ残業で、深夜0時過ぎに帰宅するのが常態になり、そのまま会社に泊まりこむことも稀ではなくなった。息子の健康が心配で見かねた友恵が、涼介をなんとか説得して会社を辞めさせたのである。

リストラが進行するその一方では、正社員として登録されている人員は徹底的に酷使される。なまじっか仕事ができると目をつけられた若手社員には悲劇が待っている。リストラされた労働分のしわ寄せがどっと押し寄せるのである。

こうしてＳＯＨＯ事業に転じた涼介だったが、職人気質の完全主義者的な面があるの

で、ついつい顧客のニーズを超えたサービスをしてしまう。

もちろん料金は、最初に契約した分しかもらわない。でも相手が満足してくれればそれが嬉しいのである。

そんなお人よしで世間が渡っていけるのかと心配になるあまり、ついつい友恵の口調もきつくなってしまうのだった。

だが、涼介にはもうひとつ隠れた才能がある。

絶対音感の持ち主なのである。

四歳からピアノを始めて、子供の頃から作曲をするのが好きだった。

十年ほど前に作曲家オーディションで入賞したことで日本作曲家連盟のメンバーに登録され、CDも何枚か出しているが、未だヒット曲に恵まれてはいない。

それでも、ゆくゆくはプロの作曲家として一本立ちしたいという夢をもっている。

そもそも、風間家は代々、女系家族である。

友恵は父親の顔を知らない。

母親の信江が女手ひとつで育て上げた。未婚の母だったのである。

信江には生まれつき備わった霊感があった。

最初は、近所の人の悩み事の相談に乗ったり、方位占いのようなことをした。

農家の人はお礼に米や野菜をくれた。

先のことを予見したり、亡くなった人の霊を呼び出して、口寄せをすることもできた。

ひとりでに足が動いて、気がつくとよその家で病人を治していたこともある。

そうした事が次第に口コミで評判になり、遠くから相談にくる人も現れた。金銭的に余裕のある人はかなりの心づけを置いていった。

俗にいう〝拝みや〟である。

今ふうの言葉に直せば〝スピリチュアル・カウンセラー〟とでもいったところだろうか。

しかし、そんな信江でも、自分の事となるとさっぱり予測できないのである。生まれてくる子供は、てっきり男の子だと思っていたのだ。

でも風間家を絶やすわけにはいかない。

幸いなことに〝次男〟だった健治が、婿養子として風間家の籍に入った。

信江の父も婿養子だったので、友恵で三代続いたことになる。

——それも私の代で終りだ、と友恵は思う。

くるみには普通にお嫁にいってもらいたい。

風間家には長男の涼介がいる。

信江も涼介が生まれた時は、それは大喜びだった。これで風間家の跡継ぎができた。もう養子はとらなくてもよい。

自分も本当は結婚したかった。だが、好きになった相手は長男だった。

あの時代は長男が家を継ぐのが不文律だった。

本人にも養子になる気はないようだった。たとえ本人がそれを望んだとしても、彼の家の方では絶対に許さないだろう。そしていざとなったら親の反対を押し切ってまで、自分の意志を貫くだけの精神的な強さを、この人は持ち合わせていない。自分と親との板ばさみになって、結局彼は苦しんで傷つくことになる。

普通の人には見えない未来が、なまじ見えてしまうだけに信江は辛かった。

何も言わずに別れた。

気がつくと、自分に新しい生命が宿っていることがわかった。

これは神様からの授かりものだ。

信江は覚悟を決めた。

風間家の家系を守るために自分ひとりで育てよう。

こうして育てた友恵が、ついに男の孫を産んだのだ。

そんな思いもあって、信江は長男の涼介を特別に可愛がった。

その分、友恵の愛情はくるみに注がれた。


ママ遅いな……。

くるみがぼんやりしていると店のドアベルが鳴って、長身の青年が入ってきた。

近くに住んでいる立花透という大学二年生だ。

「あ、トオル君久しぶり。元気?」

「ボチボチです」

透はカウンターに座り、紅茶とケーキを注文した。

「しばらく来なかったね」

「学校の試験がちょっとあったし、それと兄貴が家に来たりしたから」

「アニキって……、トオル君は長男じゃなかったの?」

「いや、俺にとっては兄貴みたいな人って意味で、六年前に知り合ったんだけど、それから毎年のように日本に来るんだ」

「え、じゃ外国の人?」

「そう、変な外人なんだよ」

「どこの国の人?」

「韓国人」

〈韓国人か……よりによってね〉と、くるみは思う。

今は空き地にしてある隣の場所に、以前はアパートを建てていた。ところが、家を新築する際に建ぺい率の関係でそのアパートを取り壊さなければならなくなった。アパートの住人のひとりが最後まで立ち退きのことで揉めた。それが韓国人だった。それ以来、友恵はすっかり韓国人アレルギーになっている。

友恵の感情はストレートにくるみに伝染する。くるみの生活の中心に友恵がいるからである。

だから、くるみも韓国人に対しては、いい印象を持ってはいない。

最近、韓国の映画が日本でもヒットして話題になっているが、母娘ともども、全く無視しているのである。

くるみは思ったことはすぐに口にするし、感情がすぐ顔に表れるタイプだ。その点では、無口でポーカーフェイスの兄の涼介とは正反対だ。

涼介とくるみはよく喧嘩をする。互いに相手に対する思いやりはあるのだが、涼介の方は照れ屋なので、それをことさら態度に表すことはしない。そんな涼介がくるみには、時には物足りなく感じられる。

一方涼介にとっては、くるみが時には鬱陶しくさえ感じられるのである。

くるみは涼介のことを、〝いつも一言足りない〟と思っている。

涼介はくるみのことを、〝いつも一言多い〟と思っているのである。

そんな典型的な直情径行タイプのくるみだったが、ここは自分の感情をぐっと堪えた。

いくら常連客とはいえ、まだオープンして半年そこその店である。自分の主観をそのまま口にして、客の感情を害してはならない。一種のプロ意識である。

それと何となく勘が働いたのだ。

女の第六感というものだろうか。

代々にわたって霊感の強い家系である。

透の話が、自分にとって大切なメッセージであるような予感がしたのである。

くるみは一呼吸置いてから、平然として言った。

「へー。何してる人?」

「ドラマの脚本を書いてるんだけど、昔書いた何とかっていうテレビドラマの視聴率が五〇%ぐらいだったんだって」

「五〇%? それって凄いんじゃない!」

「向こうでもベスト3ぐらいに入ってるんだって」

「日本でも昔、『君の名は』という凄いドラマがあったのよ」

「何だよ? それ」

「そのドラマがテレビで放映されていた時間帯は、銭湯がガラガラに空いてたって、今でも語り草になっているの」

「へー、そうなんだ」

その時、店の入り口から涼介が顔をのぞかせて、くるみに向かって声を掛けた。

「俺、ちょっと出掛けてくるよ。夕飯は外で済ませてくるから」

「あ、お兄ちゃん、晩ご飯はいらないのね。わかった。いってらっしゃい」

「お出かけですか?」と透が声を掛ける。

「うん、ちょっとね。透くん、ゆっくりしてってよ。どうせ店は暇なんだからさ。サクラ代わりで」

出掛けていく涼介の後ろ姿を睨みながらくるみが言った。

「もう、お兄ちゃんったら! 肝心な事はしゃべらないくせに、憎まれ口だけは達者なんだから……」

透はどう反応していいのか分からず苦笑している。

だが、その後のくるみの独り言を透は聞き逃さなかった。

「お兄ちゃん、今日は例の彼女とデートだな」

「おネイさん、どうして分かるの？」

「お兄ちゃんって、意外と単純だから。服装とか、態度や口ぶりですぐ分かっちゃうの」

「ふーん、なるほどね」

「でも、お兄ちゃん、いつもその彼女とデートに出かけるときはあんな感じで嬉しそうなのに……」

そう言って、くるみは少し複雑な表情を浮かべた。

「おネイさん、どうしたの？」

「ううん、別に……。ま、お兄ちゃん自身のことだし。で、それより、さっきの人の事だけどさ」

そして思い出したようにしゃべり出す。

「その人、いくつぐらいなの？」

「三十代の中頃かな。でも不思議なのは、六年前に会った時から全然、年とった感じがしないんだよな」

「ふうーん、ね、ルックスとかは？　芸能人でいえばどんなタイプ？」

「カッコイイよ。おネイさんの好きな小早川和成の若い時よりカッコイイかも。まだ独身だし」

「わぁー、一度紹介してよ」

「いいけど……。でも残念ながら、兄貴は女性には興味がないみたいなんだよ」

「えー！　じゃ、これ？」と、くるみは手の甲でくちもとを隠す仕草をする。

「いや、別にホモとかじゃないんだけど、恋愛の対象にはならないってこと。なにせ怪物だから」

「怪物？　怪物って……、例えばどんな風に？」

「例えばねー、一緒にトランプなんかやってもこっちの手が全部見えてるようで、まるで勝負にならないんだ」

「ひょっとして透視できるのかしら？　それって超能力じゃない！　じゃスプーン曲げとかは？」

「そんな意味のないことはしないんだよ。スプーンを曲げたからって、実際に何かの役

に立つわけじゃないでしょう？」

「それはそうね。で、それから？」

「人の心の悩みや、体の悪いところも見えちゃうみたいで……。そうすると放っておけなくて、いろいろとアドバイスしたり、マッサージして直してあげたりするんだよ」

「じゃ、うちのお祖母ちゃんと同類なんだ」

「お祖母ちゃんって？」

「信江さんといって、ママのお母さんね。もう亡くなって十年位経つんだけど、ちょっと普通の人には見えないものが見えて、人の相談に乗ったり、病気を治してあげたりしていたみたい」

「そういう人って他にもいるんだなあ。でも兄貴にはかなわないと思うな。世界中を駆け回っているんだから。なんでも、これまで地球を二周半したっていうくらいだから」

「なんだか凄い人みたいね。ぜひ一度会ってみたいわ。あ、ママー！」

勝手口の厨房の扉を開けて、友恵が入ってきた。

「あら透クン、しばらくぶりだわね」

「しばらくです」

「ママ、どうだった?」

くるみは急にそわそわして落ち着かない様子だ。

「あ、俺そろそろ帰るわ」

透は立ち上がってレジの方に向かった。

「トオル君、今日は紅茶代だけでいいわ。ケーキの方はおネイさんからのサービスということで」

「それじゃ遠慮なくということで。ごちそうさまでした」

勘定を払って透が出口の方へと向かっていく。

「今度その怪物の兄貴に会わせてね」

くるみは、店の扉を開けて出て行こうとする透の背中に向かって言った。

透はふり向いてニッコリ笑い、軽く手を振って出て行った。

「ねぇ、カイブツノアニキって何なの?」

厨房で透に出したカップと皿を洗いながら、友恵が訊いた。

「透クン家《チ》に来てる韓国人」
「ウヒャー！　韓国の人は私、もうこりごりだわ」
「何だか、お祖母ちゃんをもっとパワーアップしたような人みたいよ。そんなことより
ママ、病院の診断はどうだったのよ？」
友恵をにらみつけるようにして、カウンター越しにくるみは訊いた。
「何よ、そんな怖い顔して」
友恵は笑いでごまかすかのようにくるみの視線を避けると、洗い物を済ませた手をタ
オルで拭き、一息ついてから言った。
「私ね、乳癌なんだって」
「え？ ガン！」
くるみはショックでその場に凍りついた。
「それがね、ただ触診とレントゲンを撮っただけでよ、ろくに検査もしないで、『乳癌
です。手術しましょう。すぐ入院の手続きをとってください』ってこうよ。頭にきちゃっ
たわ！『もう結構です。おたくの病院の世話にはなりませんから』って言ってやって、

帰ってきたの。でもあんまりむしゃくしゃしたもんだから、何だかお腹が空いちゃって。それでちょっと頭を冷やそうと思って、帰りにレストランで食べてきちゃったわ」

友恵は一気にしゃべってから、フーと息をついた。

風間家は伝統的に、医者には頼らない家系である。たいがいのことは、漢方薬やホメオパシーという薬で治してしまう。この薬品名は、免疫力を意味するギリシャ語の〝ホメオスタシス〟という言葉に由来する。ヨーロッパ由来の薬であるが、自然治癒力を高めて病に打ち勝つという東洋医学の考え方に通じ、また、かつて信江がよく相談に乗っていた女医がこの薬を研究していたこともあって、長年にわたり風間家の常備薬として使われていた。

くるみは呆然として聞いていたが、気を取り直して言った。

「でも本人に向かって、ガンですから手術しましょうと言うのは、その方が治る可能性が高いからでしょう？　確率的にどの位かは分からないけど……。でもこれまでママみたいなケースで助かった人が何人もいるから、お医者さんは手術しましょうって言うんでしょ！その辺はもっと詳しく聞いてみないといけないけど。とにかく、患者が専門の医

者の言うことに反発してどうすんのよ！」

「どっちみち、胸はペッタンコになるわ、抗ガン剤で髪の毛は無くなるわでしょう！　私、そんな格好になってまで生きていたいとは思わないの。とりあえずホメオパシーとか漢方薬で、できるだけの事はしてみるつもりだけど……。それで神様が、もうお前の寿命はここまでだとおっしゃるなら、それで仕方がないじゃないの」

「ママ、それって言葉のすり替えじゃないの？　誰だって寿命がくるまでは、可能性のある限り、一日でも長く頑張って生きるのが人間の務めでしょう？　現に世の中には、手術をして、もの凄い闘病生活に耐えて頑張っている人が何人もいるじゃないの。そういう話はテレビや雑誌の記事にいっぱいあるじゃない。オッパイが無くなったっていいじゃないの！　髪の毛なんて、尼サンはみんな無いじゃない！　そんなもの無くたって、生きていられればいいじゃないの。私、ママが一日でも長く生きていてくれればそれでいいんだから！　生きてさえいてくれればそれだけでいいんだから！」

くるみはワーワーと泣き出してしまった。

そんなくるみを見ながら、ため息混じりに友恵は言った。

「仕様がないわねえ。そんなんじゃもう、今日は仕事にならないから、看板にしなさい」

友恵は厨房を出て、表の看板を「CLOSED」にして戻ってくると、まだ泣きじゃくっているくるみに向かって言った。

「私疲れたから、二階で少し休んでいるわ。それと、この件は誰が何と言おうと、私の好きなようにさせてもらいますから。もう決めたから。わかったわね！」

友恵は勝手口を出て、二階の自室へと向かった。

その後ろ姿に向かってくるみが叫んだ。

「ママのバカ！」

ママはどうして私の気持ちをわかってくれないんだろう？

くるみは店のテーブルに突っ伏して、なおも泣きつづけた。

# 架け橋

1

Hが来日するたびに、家族や仲間を交えてよくみんなでカラオケに行った。カラオケの締めくくりはいつも、サイモン&ガーファンクルの『明日に架ける橋』だった。

この曲を二人でデュエットしながら「オトーサン、お互い日本と韓国の橋になりましょう」とHはよく言ったものだ。

でも僕にはそんな力もなかったし、実際にどうすればいいのかも分からなかった。水面下での彼の動きをじっと見守るしかなかった。

やがて時代は動いていった。

韓国のK大統領が日韓の文化交流を打ち出し、それまで韓国では海賊版でし

か手に入らなかった日本の漫画やCD、ビデオなどが続々と解禁されていった。それにともなって、日韓の合作ドラマなども制作されるようになった。

そしてついに、二〇〇二年六月、サッカーのワールドカップが、日韓共同主催という形で開催されることになったのである。

この一大イベントに関する取材という名目で、今回Hは日本にやって来た。一九九五年から、通算八度目の来日である。しかし、成田空港に降り立ったHの表情は、今にも泣き出しそうな梅雨空にも似て、冴えないものだった。

皮肉なことに、当時韓国では、K大統領の身内が絡んだとされる不正事件が発覚していた。

K大統領は、外交においては成果を上げたものの、国内においては就任当初からさまざまな汚職事件《ゲート》に巻き込まれた。韓国ではニクソンが退任に追い込まれたウォーターゲート事件に因んで、汚職事件のことをゲートという。

ことここに至って、自分の身内が関わったとされるゲート事件が発生したとあっては、大統領としての命運もレイムダック寸前といえるものであった。

「あの人には失望しました」

かつてK氏の大統領就任演説の原稿を書いたというHにしてみれば、その落胆は如何ほどのものがあろうかと推し量られた。

「これだから……、私は政治が嫌いです」

Hが苦りきった顔つきでよく言う言葉がある。

「人間がつくったもののなかで一番悪いのはお金です」

そう言う時の彼の表情は、本当に悲しそうだ。

政治に金は付き物だといわれる。不正事件として明るみに出るのは、氷山の一角なのだろう。

「何より問題だったのは、国民には内緒で、日本の政治家と島の返還をめぐる密約をしたことです」

「えっ？ 島って、あの領土問題で揉めている例の島のことですか！」

日本ではT島、韓国ではD島と呼ばれている島のことだ。

「それが明るみに出れば、韓国の国内では大変な騒ぎになるでしょうね」

「だから、その前にちょっと裏で手が回りました」

なるほど、それで身内のスキャンダルが暴露されたわけか。

「あの島はカニの漁業権が絡んでいるんでしょう？ 共同管理にしてカニの収穫を分け合えば済むことだと思うんですが。W杯を共同主催するようにね」

「そうですねえ。でもなかなかそう理想どおりにいかないのが政治の世界で……」

「いっそのこと、Hさんが政治家になったら？ 嫌いなことを好きになるのも修行のひとつでしょう?」と渡は冗談めかして言ってみた。

「私にはそんなに残された時間はありません」

Hは苦笑いしながら応える。

「それよりオトーサン、私は約束を守りましたよ。『日本と韓国の架け橋になる』という約束を。今度はオトーサンの番です」

「うーん、そう言われてもなあ。実際僕にできることは、陰ながらHさんの応援をすることぐらいしか……」

「だったらオトーサン、こうしたらどうですか？ 私のことを本に書くんですよ。これ

まで私に会って不思議なことや面白いことがいっぱいあったでしょう。それを書けばいいんですよ。〝変な外人〟がいるということで。これから日本と韓国の文化交流はもっともっと盛んになりますよ。オトーサンの書いた本が売れて、たくさんの人に読まれれば、それで立派に『架け橋』として貢献したことになりますよ。それに、オトーサン、前に言ってたじゃないですか。若い頃は翻訳家か小説家になるのが夢だったって」

「……でも、Hさんのプライバシーの問題とかあるでしょう?」

「オトーサン、私にプライバシーの問題なんかありませんよ。だいだい、私が書くドラマのシナリオもベースは本当の事なんですよ。それをちょっとアレンジしているだけです。私は嘘はできません。だから……、私には政治家は無理です」

「じゃあ、Hさんがそんなに言うなら、ひとつ書いてみますか。でも、きっと二人で一緒に飲んでるところの話ばっかりになってしまうような……」

成田空港から西窪寺へ向かう車中は爆笑に包まれた。

## 2

赤一色に染まったサッカー・スタジアムからの「大韓民国（テーハンミングッ）」の大合唱が、テレビのスピーカーを通じて響いている。

立花渡は、Hを連れて風間家に来ている。

数日前、透を通じて知り合って以来、風間家の娘のくるみと母親の友恵はすっかりHのファンになった。風間家の人たちは昔から信江の不思議な力を見てきていたから、Hの〝力〟の断片を目の当たりにしてもそれを訝しく感じることはなかったが、くるみの兄の涼介は少し人見知りする性格らしく、まだ何となく彼の前では態度がよそよそしい。

友恵の部屋でHが友恵のマッサージを始めた。うつ伏せになった友恵の足から腰、背中、肩とまんべんなく指圧していく。

気功マッサージである。

それにしても、山奥で仙人のごとき師匠《サブ》に仕え、修行の生活を送ったHの発する

〝気〟のパワーは凄まじい。しかも全身全霊を傾けてマッサージを行なう。もちろん相手の状態に応じて自分の出す〝気〟をコントロールはするが、自分の体のことまで考えて力をセーブするということがない。だからエネルギーを使い果たして、自分の方がダウンしてしまうということがしばしば起こる。文字通り「気絶」するのである。

渡は、友恵のマッサージをしているHの背後からHに〝気〟を送っている。Hがエネルギー切れでダウンしないように〝気〟の補充をしているのである。Hが本格的にマッサージをする時、彼の補佐役としてそうするのが、いつしか渡の役割になった。

以前Hが住んでいたアパートの大家さん(Hはオヤジさんと呼んでいた)や、その近所でHがよく酒を買いに行き、家族のアドバイスまでするようなった酒屋のオバサンなどには特に念入りにマッサージをした。

渡は、Hがその二人に立て続けにマッサージした日の事を思い出していた。

あの日のHのマッサージで、半分ほど塞がっていたオヤジさんの左目はすっかり元通りになった。右手の中指が曲がらなかったオバサンにも、ライターの火で焙った天然の塩を擦り込むといった、これまでになかったマッサージを延々三時間も行なうことで、完全

に指が曲がるようになった。

でも、その後が大変だった。

時計の針は深夜二時半を回り、見送ってくれた酒屋の人たちが見えなくなるところまで来た途端に、Hは道端に崩れ落ちるようにして倒れこんでしまった。渡はHを背中に負ぶり、引きずりながら歩いて何とかタクシーをつかまえ、やっとの思いで家まで連れ帰った。

そんなこともあったな……。

渡が感慨にふけっていると、Hは友恵の体を起こし座らせて前に回り、肩から腕にかけてのマッサージを始めた。

すると友恵が話し始めた。

「私、韓国の人に部屋を貸していたことがあるのよ。この家を新築する前は、隣にアパートを建てていてね」

「でも韓国の人って、いつも他の人を連れてきて、夜遅くまでうるさいことも多かったし……」

「それで、いざそのアパートを壊して立ち退いてもらう段になったらよ、今は引っ越したけどこの家の裏にも韓国の人が住んでてね、その人が知恵をつけたらしくて、居住権を持ち出してゴネるのよ。散々すったもんだしたあげく、結局こっちが賠償金を払って出てってもらったけど……、そんなこんなで、もう韓国人はコリゴリだと思っていたのよね」

「でもHさんに出会って考えが変わったわよ。韓国の人にもこんなに素晴らしい人がいるんだって！」

壁に貼ってある歌手、小早川和成の写真にちらりと目をやってHは言った。

「友恵さん、小早川さんと私とどっちが好きですか?」

一瞬、眉間にしわが寄った友恵の表情が満面の笑みに変わった。

「どっちも好き」

マッサージは手の指に移ろうとしていた。

「どっちが好きですか?」

暫く間があって、友恵が応えた。

「小早川さん」

Hは、友恵の右手親指のつけ根を自分の人差し指と中指で水平にはさんで徐々に手前に引っ張りながら、相手の指先を思いっきり持ち上げるようにして放した。パチンという小気味のよい音がした。

「痛っ！　……」

友恵は顔をしかめた。

最初にこれをやられた人の反応は一様に同じだ。

だが慣れると、一瞬の痛みの後に、快感を覚えるようになる。

「だってHさんと知り合って、まだそんなに経ってないでしょう。小早川さんのことは昔からファンなんだし……」

友恵の人差し指を自分の指ではさんで、Hはなおも尋ねた。

「小早川さんと私とどっちが好きですか？」

逡巡している友恵の指先がまたパチンと鳴った。

「Hさん！　Hさん！」

たまらず悲鳴をあげて友恵が答えた。

「よし！　やったあ！」

Hは会心の笑みを浮かべて、渡に向かってVサインを送る。

こんな子供のような無邪気さがHの魅力でもある。


「どうもありがとうございました」

「どういたしまして」

マッサージを終えて居間に向かうと、立花家の三人が加わり、涼介、くるみと共にテレビでサッカーを観ている。

ワールドカップ決勝トーナメントのベスト4を賭けた、韓国対スペイン戦である。

ちょうど前半が終り、0対0のままハーフタイムに入っていた。

「くるみ、Hさんと立花さんにビールお出しして。私はウーロン茶でもいただこうかしら」

「もう出てるわよ」

冷蔵庫から出したウーロン茶をグラスに注ぎながら、くるみが応える。

テーブルの上にはハイネケンの瓶が二本とグラスが二個用意してあり、軽いつまみも出されていた。

こういうところは店をやっているだけあって、さすがに気が利くくるみである。

渡たちがビールを飲みながら前半の試合経過を訊ねたところによると、中盤までは互角の争いだったが、終了間際はスペインがかなり押しまくっていたらしい。

韓国はこの前の決勝トーナメント一回戦のイタリア戦でも、圧倒的にイタリアに押しまくられながらも、審判の度重なる信じられない判定にも助けられて、奇跡的な勝利を収めた。

ひょっとして、この試合も韓国ペースで進んでいるのか……。

赤一色に染まったスタジアムからは、「大韓民国（テーハンミングッ）」のコールが始まった。

間もなく後半のキックオフである。

「さあ、韓国を応援するわよ！」

張り切った友恵の声とともに、後半戦が始まった。

それは、あっという間の出来事だった。

後半開始三分、スペインのフリーキックで上がったボールに合わせたヘディングシュートが、呆気なく韓国のゴールに入ってしまったのである。

しかし、そこで時間が止まった。

渡にはそう思えた。

次の瞬間、ビデオを巻き戻すかのように、時間が逆回転した。

主審が、ファールがあったとしてゴールを取り消したのだ。

渡は横を見た。

Hが何とも複雑な笑みを浮かべている。

この時の主審の動作が、渡には何ともぎこちなく不自然なものに感じられた。まるで何かに操られているような動きに思えてならなかったのである。

〈やったな、Hさん! 君がやったんだろう。審判の意識に〝気〟を送って操作し、彼は何が何だか分からないうちにファールの判定をしてしまったのだろう〉

もう一度横を見た。

「どうしたの？　オトーサン」

渡はニヤッと笑って、人差し指を彼に向けた。

「分かったの？　オトーサン。どうしてわかったんですか！」

「それよりHさん」

渡はこれまで気になっていた事を訊ねた。

「今日が、初めてなんですか？」

Hはウィンクしながら首を振った。

「やっぱり、そうか」

前回のイタリア戦でも審判の不思議な判定がいくつかあり、それもすべて韓国に有利な判定だった。

あの時、渡は自宅の居間でテレビを観ていたが、Hは「観るのが怖い」と言って二階の自分の部屋に上がっていった。

途中で渡が部屋へ行ってみると、テレビが点いていて透が観ていた。Hは蒲団にもぐり

込んでいる。どうやら、透が試合を観ながら、逐一Hに経過を教えているらしい。Hは「怖い、怖い」と言いながらも、ちらちらとテレビの方に目をやっているようでもあった。

あのイタリア戦では、延長戦に入ったところで、イタリアの主力選手がタックルを受けて倒れた。それをシミュレーション（相手の反則を引き出すための故意によるプレイ）とみた審判がイエローカードを出し、その結果イエローカードが二枚となってその選手は退場となったのだ。

〈あれはどうも、故意に倒れたようには見えなかったが……〉

その結果十人で戦うことを余儀なくされたイタリアには、もう勝利を確信したかのように突進してくる韓国の攻撃をくい止める余力は残されていなかった。気迫で上回る韓国がついにイタリアを降したのである。

それまでも首を傾げる判定があったが、あの判定から勝負の流れが一気に韓国にいったような気がする。

「友恵さんも、みんなが韓国を応援してくれているから……。罰は私が受けます」

意を決したかのようにHが言った。

試合は両者無得点のまま延長戦に入った。

延長の前半すぐに、スペインの選手が、ボールをゴールラインの直前まで持ち込んで、ゴール前にクロスで上げた。それを走りこんできた選手が頭で合わせて、鮮やかにゴールが決まった。

テレビの前ではため息に包まれたが、それも一瞬で歓声に変わった。

副審が、その前にゴールラインを割っていたとして、ゴールを無効にしてしまったのである。

テレビでそのリプレイのシーンが写し出されたが、ボールはどう見てもゴールラインの手前でまだ生きているように見えた。

またしてもHマジックである。

みんながHの方を見て拍手を送った。

「さあ、みんなで応援しましょう！　私も頑張ります」

少し照れたような笑顔を見せながらHは言った。

延長の後半に入ってからは、スペインの勝機と思える場面が二回あったが、どちらも

オフサイドの判定が下ってなかなか得点に結びつけることができない。スペインの側からみれば、さぞかし歯がゆい思いをしたことだろう。とうとう試合は0対0のまま、PK戦に持ち込まれた。

三人目まではお互いに成功し、四人目で明暗が分かれた。韓国の四人目は、甘いマスクで人気のある選手だが、イタリア戦ではペナルティキックを失敗していた。

しかしみんなの祈るような声援が通じたのか、ここはきっちりと決めた。そしてスペインの選手のキックをキーパーが止めたのだ。韓国の五人目の選手がゴールを決めて、なんとまたまた韓国は、奇跡的というだけでは済まされないような勝利を手にしたのである。

テレビに映るスタジアムの「テーハンミングッ」の大コールに合わせ、風間家の居間でも同様のコールが湧き起こった。

顔をほころばせた面々が一階の店の前に集合した。

これから、バーベキューパーティーが始まるのだ。

あらかじめセットしてあった焼き網が備長炭で熱せられると、そこへ串にさした肉や海老、イカ、ホタテなどの魚貝類、野菜などが載せられ、ジュウジュウと香ばしい匂いがあたり一面にたちこめた。

それぞれのグラスにビールやジュースが注がれみんなで乾杯した。

グリルの前にどっかと陣取ったHが、焼きあがったものから順にみんなが差し出す皿に配っていく。

店の前を不思議そうに通り過ぎていく人たちに、Hが気軽に声を掛ける。

「よかったら食べていきませんか」

「イカはいかがですか?」

つられて寄ってくる人に愛想よく酒や肉や魚貝類をふるまい、世間話などをしながら、さりげなく店のPRに努める如才ないHであった。

——もし自分に兄がいたら、こんな感じだろうか……。

涼介はHの横顔にぼんやりと視線を投げながら、ふとそんなことを考えていた。

視線に気づいたのか、Hがビールを持って涼介のそばにやってきた。お互いのグラスを満たし、乾杯をしながらHは言った。

「涼介、今日はバーベキューの準備をいろいろ手伝ってくれてありがとう。これからもよろしくね」

Hが手を差し出す。互いの親指を突き合わせる、独特なH流の握手だ。

「あ、いや、こちらこそ……」

涼介は手を握り返しながら、少し俯いて照れくさそうに答えた。

やがて宴もお開きになる頃、Hが切り出した。

「今日はみなさん一生懸命、韓国を応援してくれてありがとうございました。ここにいる人たちだけじゃなくて、たぶんテレビを観て大勢の日本の人が応援してくれたと思います。これがもし逆の立場だったら、韓国人はそんなに日本の応援はしなかったと思います」

Hはちょっと苦笑いを浮かべてから続けた。

「でもこの事が後で韓国に伝われば、韓国人はきっと感激すると思います。日本人が

そんなに韓国の応援をしてくれたのか……自分たちももっと日本と仲良くしなければ……と。そして日本と韓国の心の触れ合いがもっと深まって、もっともっとお互いの絆が強くなっていくと思います。そのためには、私は天《そら》からどんな罰を受けてもかまいません。日本と韓国とのより一層強い架け橋になれるのなら……」

後日、韓国とのイタリア戦やスペイン戦での審判団の判定に関して、膨大な数の抗議メールが殺到したという。

だが、「それを演出した犯人はここにいる」と、声高に叫んだところで、いったい誰がそんな事を信じるだろうか？

この日、ここに集まった人たちを除いては……。

こうして、仕事であまり東京にいない健治を除く風間家の友恵、涼介、くるみの三人は、Hが日本を離れた後も、立花家の人たちと家族ぐるみの付き合いをするようになっていった。

# 病院にて

二〇〇三年十一月、友恵の安否を気遣って凡そ一年半ぶりにＨが来日したちょうどその日、友恵の夫健治は関西で行なわれた舞台公演の千秋楽を迎えていた。そして無事、公演と打ち上げを終えた健治は、翌日約一カ月半ぶりに帰宅した。

その夜、閉店した一階のカフェレストランにて、Ｈと渡は健治と初めて顔を合わせた。裕子と子供たちは何度か店に来たことがあり、既に健治とは顔見知りのようだった。

渡に、いいお子さんたちですね……と言った後、妻の病気のことで大変お世話になっているそうで……と健治はＨに言った。

「もう少し奥さんを大事にしてあげてください」と言うＨに、健治はバツの悪そうな苦

笑いを浮かべて、「友恵からいろいろ聞かされましたか……」と答えた。

健治には沢井圭吾という役者としての顔がある。

それ故か俳優という、人に見られる職業の人が持つ特有の雰囲気があった。時折見せる目元の表情には、同性の渡から見ても中年の色気のようなものが感じられた。

だがそうした色気を感じさせる健治の目の光は、同時に淫靡な影も宿していた。

やがて酒も入り、次第に場も和んでくると、健治は今回の舞台公演について話し始めた。

共演者の顔ぶれや舞台の見どころ、自分の役回りなどを得々として語っていたが、そのうちつい口が滑ったのか、ある共演者が公演の合間をぬって女性をナンパしていたことまで漏らしてしまった。名前は明かさなかったが、特徴を聞けばすぐそれと分かる人物だった。

「お父さんも便乗した口じゃないの?」

すかさずくるみが茶々を入れた。涼介もにやりとしている。

「僕はもう卒業しましたよ」

健治は、余計なことを言って自分にお鉢が回ってきたことを反省したかのように、下を俯いてぼそりと言った。

頃合いを見計らったかのように、Hが涼介とくるみに向かって何やら目配せしたかと思うと、三人はその場を中座した。

彼らは、しばらくして友恵を伴って現れた。

「友恵、大丈夫か？」

驚いた顔で声を掛ける健治に向かって、「長らくの公演、お疲れさまでした」と友恵が応えた。

「健治さん、ちょっとこっちまで来てくれませんか」

Hが友恵の座っているところまで来るようにと健治を促した。

Hは健治の手を取って友恵の胸にあてがった。

健治の顔に驚愕の色が走った。

Hは友恵のパジャマのボタンをはずし、胸をはだけて見せた。

乳房の形は崩れ、胸のあちこちにどす黒い痣のようなものがあった。思わず目をそむ

けたくなるような光景だ。

ほとんど家に帰らず、たまに帰ってきても友恵と寝室を別にしている健治は、友恵の症状がここまで悪化しているとは、正直思ってもみなかったのである。

やがてHが言った。

「健治さん、まず友恵さんにこれまでのことをここで謝ってください！」

健治には〝浮気の虫〟が棲んでいる。その虫はこれまで散々、友恵を苦しめてきた。関西には愛人もいる。

Hに言われて健治は、意を決したかのように神妙な顔で友恵を見て言った。

「友恵さん、悪かった。ごめんなさい！」

健治は友恵に向かって深々と頭を下げた。するとすかさず友恵が言った。

「こちらこそ、これからもよろしくお願いします」

あらかじめ友恵には段取りを示して、言い含めておいた模様である。

「それじゃ、二人握手して！」

Hの音頭で、握手する二人に向かって祝福の拍手が起こった。みんな笑顔だ。

おそらく健治は、関西にいる愛人とこの先も手を切るつもりはないだろう。本人がその気になっても、相手に別れる意志がない限りは無理だ。完全に先方のペースにひきずられているのだから……。

この場にいるみんなはそれを承知している。承知した上で、笑顔を取り繕ってとりあえず、この場を夫婦和解の場にしようとしているのだ。

やがて、友恵の病状についての話になり、Hが言った。

「友恵さんはこれまで東洋医学だけに頼って治療してきました。でも私を見てください。皆さんもご存知のように私は白血病です。今まで何回も手術を受けてきました。もちろん東洋医学の良さも知っています。だから基本的に今まで通り、東洋医学で治療することには賛成です。でも西洋医学も一部取り入れて、手術できるところは手術した方がいいのではないかと、私は思います。どうですか? 皆さん、友恵さん!」

みんなはうんうんという感じで頷いている。

友恵が言った。

「Hさんがそうおっしゃるなら、私はそれに従います。必要なら頑張って手術も受け

ます」

これまで頑として手術することを拒んでいた友恵の口からそんな言葉が出て、みんなはほっとしたように頷いた。


翌朝、渡と詩織を除いた七人は、涼介と健治が運転する車にそれぞれ分乗してK病院へと向かった。最初に友恵が乳癌を宣告された病院だが、長女のくるみが生まれた病院という縁もあり、友恵にとって方位の相性も良いというのでここに決まったのだ。ちなみに立花家にとっては、長男の透が生まれた病院でもある。

友恵の検査が一通り終わり、診察室には友恵の他に健治と涼介、Hの三人が立ち会っていた。

そこに現れたのは誰あろう、一年半前に友恵に即刻手術をするように勧めた当の医師だった。

医師は友恵の顔を睨みつけ、薄笑いを浮かべながら言った。

「確か一年半ぐらい前にお見えになりましたね。あの時私はご提案さし上げたはずですが

……すぐに入院して手術しましょうと。でもあなたは、私の言うことを無視して怒って帰ってしまわれた。あの時素直に私の言うことを聞いていれば、ここまでひどくはなっていなかったでしょうに……」

医師はため息をついて目をつぶり、回転椅子を回して後ろのレントゲン写真を見やり、首を左右に二、三回振ると、またこちらに向き直った。

「この通り、ガン性胸膜炎を併発していて、肺や胃にも転移が見られます。はっきり言って、ここまで転移が広がると私どもではもう、手の施しようがありませんね。抗ガン剤で多少、延命措置を施しても……覚悟はされておいた方がいいでしょう」

医師の言葉を聞いている友恵の気力が、みるみる萎えていくのをHは感じた。Hは友恵の生きる意欲が失われないよう、自分の気を送って必死で支えていた。それと同時に、Hは患者に対する医師の心ない発言に、怒り心頭に達していたのである。

疲れのみえる友恵を空きベッドでいったん休ませることにして、待機していたくるみと裕子、透の三人が付き添った。

Hと涼介、健治の三人は再び医師のいる診察室へ入った。

医師は切り出した。

「先程申し上げましたように、この段階まで進行していますと、もう打つ手はありません。だから以前見えられた時に私が言ったんですけどね……もう今となっては……」

「先生、あなたはさっきそういう事を患者本人の前で言いましたね！　あなたはそれでも医者ですか！　いったい、言われた患者の気持ちを考えているんですか？　あなたは、患者が自分の指示通りにしなかった事を根に持って、それで自分のプライドが傷つけられたから、その個人的感情を患者にぶつけたんですよ！」

Hの剣幕に、医師はハッとして顔面蒼白になった。

「ご本人は既にガンだとご存知なので……中途半端に隠し立てして余計な期待を持たれてはかえって残酷だと思ったものですから……」

「でも〝病いは気から〟と言いますよね。特にガンの場合、常識では考えられないほどの気力で病いを克服したという例がよくありますから……。現にこのHさんも白血病で、ここにこうしているのが不思議なくらいなんですよ」と涼介が医師の言葉を遮った。

「ハイ、私はそんな者なんです。まあ、もういいです。済んだことはしょうがないで

す。友恵さんの気運の方はなんとか私が回復するようにしておきましたから」

Hは続けて言った。

「今後のことなんですが、もともと友恵さんは手術を望んでいなかったことですし、このまま自宅療養を続けるということでいいですかね?」

健治は友恵の病状の深刻さを改めて認識し、ただ頷くばかりだった。

「先生、最後にもう一度だけ言いますが、どうか自分のプライドより患者の気持ちの方を大事にしてください。それが医者としてというより、人間としてあるべき倫理だと私は思います。どうかよろしくお願いします」

そう言って頭を下げるHに対し、医師は恥じ入ったように黙して俯くばかりだった。

診察室を出ると、健治はHに向かって言った。

「Hさん、これからも友恵のことをよろしくお願いします。友恵はHさんのことを本当に信頼しているようですから……。何卒よろしくお願いします」

「とにかく、私にできるだけのことはしますから」

Hは、そう答えた。

病院を出た後、近くのレストランへ入りみんなで食事をした。

友恵は思ったより元気そうで、「私にはHさんがついているから、どこまでもHさんを信じて頑張るわ」とみんなに笑顔を見せて言った。

だがこの日が、友恵が外出した最後の日となったのである。

# Hと友恵

Hが来日してから三日が過ぎた。

Hは立花家へ寄っていったん荷物を預けたものの、当座の着替えと先方へのお土産を手にしてすぐに風間家へ行ってしまった。それ以来ずっと風間家で寝泊りしている。付きっきりで友恵の看病をしているようである。

裕子は何となく面白くなかった。

今回はあくまでも友恵さんの看病をすることが主目的で来日したのだ、と頭では分かっているのだが、どうしても感情の方が先走ってしまい、理性がそれに追いつかない。

今までこんな事はなかった。

Hが日本へ来ると、いつも我が家が生活の中心だった。誰と会っていても、用事が済

むと必ず我が家へ戻ってきた。

それが今回は違う。

家で食事はおろか、空港まで出迎えに行った渡を除いては、家族の皆とろくに話もしていないのだ。

せっかく目と鼻の先にHがいるというのに……。

でもこんな気持ちのままではいけない……と裕子は思う。

「風間家の人たちを同じ自分の家族だと思いなさい」とHから言われているのだ。「オカーサンは家事も、もう少ししっかりやって下さい」とも。

「人間は感情の動物だ」というが、この〝人間の感情〟というものは本当に厄介な代物だ。

オヤジさんの奥さんがオヤジさんに抱く〝疑心〟。

詩織がHのことで友人に抱く〝嫉妬〟……。

自分の感情がこの程度のことで揺らぐようでは、人のことをとやかく言う資格はないわね……と裕子は思う。

その頃、Hは風間家で友恵に吸玉療法を施していた。これは中国に古来より伝わる民間療法（瀉血治療《しゃけつ》）の一種で、一年半前、乳癌が発覚してからも頑《かたく》なに自分の体にメスを入れることを拒んできた友恵が、最後の拠り所とした治療法である。

まず患部や経絡付近の皮膚を消毒し、針で軽く傷つける。そして吸玉と呼ばれるカップ状の器具をその箇所に宛がってから中の空気を抜いていく。こうして皮膚を引っ張ることによって、体の中のうっ血して古くなった血を体の表面まで浮き上がらせ、血管の中をきれいにする。また毛穴が開くことによって、皮膚から汗となって有害物質が体外に排出されるという仕組みである。

これはブラジルに住む友人から、ガンの治療に効くということで紹介された。

その後、何度かその友人の伝手《つて》でブラジルへと渡り、二カ月ほど滞在して、静養しながら週二、三度現地の日系人の専門医に吸玉療法を受けるという生活を送ってきた。

その甲斐あってか、その後しばらく体調は小康状態を保っていた。

ところが、このところ急に容態が悪化しはじめた。

それまで比較的大人しくしていたガン細胞が、ついに牙をむいて暴れ出したのだ。

仰向けになった友恵の胸と腕には、左右五個ずつ計二十個の吸玉が据え付けられているが、この治療も友恵にとってはいまや、拷問に思えるほどの苦痛を伴うものになっていた。かつては色白で、うっすらとピンク色をしていた胸の周辺の肌の色も、もはや青黒いまでに変色して腫れ上がっている。

「Hさん、もう吸玉外して！」

友恵が、今にも泣き出しそうな声で叫ぶ。

「もう少し我慢してください」

「でも痛くて、痛くて……。もう死んだ方がましだわ」

「何を言うんですか！　死んだ方がましだって？　どれだけ痛いか、私に分からないとでも思っているんですか？　分かりますよ、痛いのは。人間の精神力にも限度というものはあります。でも、私の知っている友恵さんという人は、このぐらいの苦痛に負ける人では絶対にありません！」

体の痛みもびっくりして飛んでいってしまうほどのHの迫力だった。

そんな風に感じる自分がおかしくて、友恵は思わず微笑んでいた。

「そう、その笑顔ですよ。それが私の知っている友恵さんなんです」

Hはそう言って、友恵に向かってにっこりと微笑んだ。

ああ、この笑顔に自分は救われている……と友恵は思う。

この笑顔を見るためにもう少し生きていたい……。


「もうそろそろ、いいでしょう」

Hは一つ一つ吸玉の装置を外しはじめた。

胸や二の腕の辺りからは、どす黒く浮き出た血の固まりと、大量の汗と黄色みを帯びた水のようなものが噴き出しているが、処置前と比べ、患部の腫れやむくみは驚くほど小さくなった。

Hは友恵の体から流れる水分をタオルで丁寧に軽く叩くように拭き取った。

「さあ、お風呂に行きましょう」

Hは友恵の体を起こして立たせると、そう言って友恵を促した。

Ｈは友恵に肩を貸し、半ば抱えるようにして浴室にまで運んだ。脱衣所で友恵が服を脱ぐのを待って、Ｈはトランクス一枚になり、友恵の手を引いて浴室に入った。

先刻くるみに頼んでおいたので、浴槽には湯が張ってある。Ｈは友恵を座らせ、湯加減を調節してから友恵の背中に湯をかけ、手を貸して湯舟に浸からせた。

浴槽から出た友恵の背中から全身を隈なく、そして髪を洗った。友恵はＨに任せきって、洗われるままになっている。

お湯の温かさとＨの手のぬくもりで、幸福感に浸っていた。

友恵の心は、すっかり子供の頃の状態に戻っていた。母親の信江に体を洗ってもらっていた子供の頃に……。

そして友恵はＨに、未だ知らぬ父親のイメージを重ねていた。

たいがいの女の子には、小学校低学年の頃までは、父親と一緒に風呂に入ったことがあるはずだ。

だが、父親のいない友恵にはそんな思い出はない。

いま友恵はHに体を洗ってもらいながら、母親信江の記憶を追想するとともに、新たな記憶を得た喜びに陶然となっていた。

父親の存在という、あらかじめ失われた記憶を獲得した恍惚感に浸っていたのである。

「レフト、レフト、レフト、オーオ!」

早朝の朝もやを切り裂くように、気合の入ったHの掛け声が響きわたる。

Hの声に負けじと、涼介と透もそれに唱和して走る。

三人とも、Hが韓国から用意してきた、上下お揃いの黒のジャージ姿だ。

最初のレフトの掛け声で左足を踏み出す。一呼吸おいて次のレフトも同様。但し三度目のレフトの後は間髪をおかず、オーオと掛け声を合わせて右足を踏み出すのがポイントだ。こうしてリズムを合わせることで、三者が一体となって走ることができる。

三者の思いは共通だ。

友恵の快復を願って、ただひたすら走り続ける。

やがて走るうちに雑念は振り払われる。

掛け声を挙げ、一歩一歩、歩調を合わせて前へ進むこと——それだけが純粋な目的になる。

走ることは瞑想に似ている……。

彼らは今、Z公園内でのジョギングを終え、風間家へと戻るところだった。

「あ、Hさんたちが帰ってくるわよ！」

遠くの方からHたちの掛け声が聞こえてくると、寝床の中の友恵は目を輝かせて言った。

まるで子供のように無邪気にはしゃいでいる様子が、何とも微笑ましくくるみには感じられた。

「さあ、ラストスパートだ。行くぞ！」

Hの声にいち早く反応したのは涼介だった。それまで日頃の運動不足がたたってか、公園に着いてからはグロッキー状態で、Hと透が周回するのを横目に、ベンチでへたり込んでいた。ところが、ゴールが目前に迫りラストスパートの声が掛かるや否や、涼介が吼えた。

「ウォー！」

猛烈な叫び声を挙げて、先頭に踊り出るとHと透の追撃を振り切り、そのまま先頭でゴールインだ。

「涼介、やるじゃないか！　なかなかの根性だ」

Hが言うと、横から透も口をはさんだ。

「お兄さん、ずるいよ。最後のおいしいところだけ持っていっちゃって！」


さて、今日はどんな組み合わせにしようかしら……。

昨日はみかんと柿の組み合わせだったから、今日はメロンをベースにしようかな。ぶどうと梨も加えてと……。

Hたち三人が帰ってくると、特製のフレッシュジュースを作って出すのが、くるみの日課になっていた。

まず冷凍室の氷を取り出してジューサーにかける。この後、果物を入れて再度ジューサーを回すと、粒々の氷が混ざった、まさにフレッシュジュースの完成だ。

やがて階段を上る足音とともに、Hが帰ってきた。涼介、透が後に続いて入ってくる。

「ただいまー」

三人が口をそろえて言い、「お帰りなさーい」とおしぼりを持ったくるみが出迎える。

「お帰りなさーい」

寝床から上半身を起こした友恵が、嬉しそうに目を細めている。

「友恵さん、ただいまー」

Hの声に続いて、涼介と透も「ただいまー」と友恵に声を掛ける。

くるみがジュースの入ったグラスをテーブルに並べている。

おしぼりで顔から首筋にかけての汗を拭った三人の走者が、グラスに手を伸ばして、ごくごくと喉を鳴らしてジュースを飲み始める。

「うーむ！　走った後のくるみの特製ジュースの味は格別だな」とHが言う。

「これは結構いけるな。でもお前、昨日のはちょっと甘ったるかったぞ」と涼介。

「頂き物の柿がそろそろ古くなりかけていたので、それを使わなきゃと思って……。でも今日はお兄ちゃんの好きなぶどうに、透クンの好きなメロンがたっぷり入っているで

しょう。みんなもらい物だけどね」

「うん、昨日のもおいしかったけど、今日のは特別においしいね」と透が言う。

「そうよ。みんなへの愛情たっぷりよ」

「愛情たっぷりか……。そうだな」

Hが言い、グラスを持って友恵の寝床のある部屋へ向かう。

「友恵さん、あーんして」

Hはグラスのジュースを口に含み、少しずつ口移しにして友恵に飲ませてゆく。

「どう? おいしい?」

頷く友恵の目には大粒の涙があふれている。

続いて二口、三口とHは口移しに友恵にジュースを飲ませてゆく。

すると突然、がくっとHの首が折れた。

居間でそれまでの様子を見ていた涼介、くるみ、透の三人が心配そうに駆け寄った。

やがて顔を起こしたHの表情には、それまで皆が見たこともない、毅然として神々しい光が宿っていた。

「この者に力を与えよ。お前たち一人ひとりの力が、この者への力になるのだ。みんなが力を合わせる姿は美しいものだ。お前たち人間の力のほど、とくと見せてもらうぞ」

言い終わり、目を閉じたかと思うと、再びHの首ががくんと折れた。

傍でこの光景を見ていたみんなは、Hの状態を心配しつつも、気圧されて近寄りがたい有様だった。

暫くしてHは、我に返ったかのように周りを見回した。

「あれ、みんなどうしたの?」

Hは神妙な顔つきをしている一同を見て、納得したかのように頷いた。

「そうか、神が現れたのか……」

少し考え込むように間をとってから、Hは口を開いた。

「みんな、自分のやるべき事をしっかりとやるんだ。オトーサンは執筆を。オカーサンは掃除と部屋の片付けを。涼介は音楽を。くるみは料理を。詩織は勉強を。透は走る事と勉強ももう少し……。それがすべて友恵さんの力になる。友恵さんが生きる力になるから……。みんながひとつになって力を合わせる事が大切なんだ。だからみんな頑張って!」

果たして人間は神になれるのか？
今や九十六％、神と化した人間H。
人としてこの世に生を受け、
修行を積んでゆくのが人生の目的であるならば、
ほぼ完璧にそれを達成したといえよう。
人はだれでも神性をもっている。
人生において修行をしてそれを磨いてゆく、
それが人間の進化、いや神化である。
そして神となり天に昇る。
しかし、そこにも神同士の戦いが待っているのだ。

# 死神

——まったく世話のやける奴だな。オレの仕事の邪魔ばかりしやがって！

——誰だ！　お前は誰だ?!

気を失って倒れているHをかばう様に前に出ると、渡は必死で叫んだ。

生暖かい風に乗って、辺り一面に腐臭が漂っている。渡は思わず顔をしかめた。砂漠のような荒涼たる大地が果てしなく続いている。

——どけ！　お前などに用はない。

その得体の知れない声の主は黒いローブを纏《まと》い、まるで霞のごとく実体感のない骸のような手に握られている黒い杖には、ドクロのグリップのようなものが見える。全身が黒ずくめで、目だけが異様な光を放っている。

まともに目を合わせていると、魂が吸い取られそうな気がしてくる。

――オレは〝死〟を司る神、死神だ。こいつには、ほとほと手を焼かされる！　まったく、こっちの世界ではまだ成り上がりの新米のくせに、オレに断りもなく他人の寿命を勝手に延ばしたり、運命を変えたりとやりたい放題だ……。

この際だから、教えてやろう！　全ての世界には、隅々にまで張り巡らされた一定の法則というものがある。それを守るべく、神々にはそれぞれ決められた役割があるのだ。お前たち人間が言う〝自然の摂理〟とはそういうものだ。

人間の生き死にも、その中の一つ。

勿論、ある程度の許容範囲というものはある。しかし、こいつは一向に自分の領分をわきまえようとしない。

だから、取引をしたのさ。何でも対価は必要だろう？

それで、他人の命を延ばす代償に、こいつは厄介な病に冒されるようになった。

――そうか！　それでHさんは白血病に……。

――それでもこいつは、それまでと変わりなく平然として人を救い、ますます病魔に

蝕まれていった。

他にも人間の世界でこいつを必要とする者も大勢いるだろうにな。そいつらの為にも自分がまだ人間でいたいなら、もう少しおとなしくしておればいいものを……。

とにかくもうこれ以上、勝手な真似をさせるわけにはいかない、この世界の理《ことわり》を守るためにも、ここで引導を渡してやろうという訳だ。

全ての世界は、神々の秩序で成り立っている。

人間の目から見れば、それを善だの悪だのと区別するかもしれないが、それも全て秩序なのだ。それを乱すこいつは、多くの神々が危険分子と見なしている。こいつに味方する奇特な神もいるにはいるが、極少数だ……。

そこで、オレがわざわざお迎えにあがったというわけだ。

そう、〝多数決〟という、お前たちにもお馴染みのルールに則《のっと》ってな。

……それに、こいつのような魂は高く売れる。フッフッフッ……。

死神と名乗った相手はそう言って、何とも薄気味悪い笑みを浮かべている。渡の背筋から、じわじわと凍てつくような恐怖感が這い登ってきて、全身を満たした。

――やめろ！　Hさんに手を出すな！

――フン、うるさい奴だな。それじゃあ、お前に人間の愚かさを思い知らせてやる！

言うがはやいか死神は、さっと手にした黒い杖を横に振った。

すると、足元一帯がぐらついたかと思うと、渡は猛スピードで落下していた。

いつの間にか、鉄格子の檻の中に閉じ込められている。渡は必死で鉄格子にしがみついていた。自分がまるで、まっしぐらに奈落の底に向かって引きずり込まれていくようだ。

ウワーーーッ！！！

ぞくっとする冷気に、渡は目を醒ました。

どうやら気を失っていたらしい。ずい分長い間のような気もするし、一瞬の間のような気もする。

渡は周りを見回した。

洞窟のような所にいるらしい。

少しずつ渡の意識が戻ってきた。

そうだ！　自分は死神に〝地獄行きのエレベーター〟のような檻に入れられたんだった。

渡を閉じ込めていた鉄格子の檻は消え失せていた。

すると、ここは地獄か？

渡は立ち上がって歩き出した。

どこからか声が聞こえてくる。

〈おまえなんかともう遊ばないぞ！〉

〈バカ先公め！〉

〈あーあ、試験なんかなきゃいいのになー〉

〈こんな世の中、生まれてこなければよかった……〉

〈あんな、嫌な上司、よそへ行ってしまえ！〉

〈バカだなー、あっちの道を選んでいればよかったのに……〉

何だ！　何だ、これは！

それは皆、かつて渡が口にしたセリフだった。

そうした自分の過去の恨み、つらみの声が洞窟に木霊して渡の脳を直撃した。これでもかこれでもかとばかり、矢のように降りそそいできた。

渡はその怨嗟の声に押しつぶされそうになり、頭を抱えてその場に蹲《うずくま》ってしまった。

やがて脳裏に響きわたる怨嗟の声がようやく治まると、渡は立ち上がりまた歩き出した。

前方に扉らしきものがある。

そこには「後悔地獄」と書いてあった。

渡は恐る恐る扉を押し開けた。

その中には数知れない人のようなものが蠢《うごめ》いていた。醜く顔をゆがめて、何かを罵っている者もいる。わが身を嘆き悲しんでいる者もいる。誰もかれも他の者にはおかまいなしで、ひたすら自分の世界に浸っていた。まさに亡者の群れである。そうした光景がどこまでも果てしなく無限に広がっていた。

渡はその巨大な負のエネルギーに飲み込まれそうになった。

そして、まさにそこに足を踏み入れそうになった時、渡の脳裏に声が響いた。

——そこに入ってはいけない！

Hの声だ。

渡はかろうじて、足を引っ込めた。

――扉を閉めるんだ！　オトーサン！

渡は言われた通り、扉を閉ざした。

――良かった。

いったん、その部屋に入ったら、二度とは出て来られないよ。もし、戻って来られたとしても、残りの人生を一生後悔しながら暮らすことになる。

オトーサンがいま目にしているものは、すべてまやかしだよ。死神がつくり上げた幻覚の世界だ。でもその幻覚に惑わされて、一生を棒にふってしまう人たちも大勢いるんだ。

さあ、目を閉じて心を空っぽにするんだ！

渡は言われるままに目を閉じた。すると、頭の中にHの唱えるお経の声が静かに響き始めた。

…………色不異空　空不異色　色即是空　空即是色

…………阿耨多羅三藐三菩提…………
羯諦羯諦波羅羯諦波羅僧羯諦菩提薩婆訶
般若心経…………

Hの読経が終わりに近づくにつれ、渡は体がすーっと軽くなったかと思うと、いつしか地底の洞窟を抜け出して、宙に浮いていた。

そのまま、どこまでも浮揚していく……。


「お父さん、お父さん、起きてよ！　Hさんが大変なんだから！」

渡は詩織の声で目を醒ました。

どうやら、夢をみていたようだ。

それにしても、妙にリアルな夢だったな……。

「お父さん、早く！」

詩織の声に促されて、まだ半分夢うつつの渡が一階へ降りていくと、台所でHと裕

子、透が揉み合っている。

Hが、手にした包丁を自分の腹に向かって突き立てていた。裕子はその包丁を奪おうとHの手を握り、透は後ろからHを羽交い絞めにしようとしている。

渡が駆け寄り、「Hさん、しっかりするんだ!」と声を掛けると、Hは、はっと我に返ったかのようになって、自分の姿を見て、驚いて手にした包丁を放した。

そして渡の方を見た。

「オトーサン、無事だったか!」

Hはそう言うと、がくんと膝を落とし、崩れるようにしてその場に倒れこんでしまった。

「どうしよう?」と困惑した顔で裕子が言う。

「しばらく、このままでそっとしておいた方がいい」と渡は言った。

ずっと風間家で友恵の看病をしていたHが、久しぶりに立花家へやってきた。

Hは、私が夕食をつくるからと言ってエプロンをし、包丁を手にした。そしてじっとその包丁を見つめていたかと思うと、いきなりそれを自分の腹に突き刺したのだそうだ。

幸い、エプロンのポケットには部厚いハンドタオルが入っていて、それがクッションの役目を果たし、包丁の先は腹には達していなかった。

そのエプロンにハンドタオルを入れておくようにと、前もってHが裕子に指示していたという。こうなる事をHは予感していたのだろう。

「くそっ、死神のヤツめ。Hさんが俺の方に気をとられている隙に」と渡はいまいましげに呟いた。

「えっ？ 何よ、死神って？」

裕子は訝しげに、渡の顔をのぞき込むようにして言った。

「いや、何でもないんだ」


Hは再び死神と対峙していた。

黒ずくめの装束に対抗するかのように、Hは純白のローブをまとい、手には白い杖を持っている。肩まで伸びた白髪に、あごには白い山羊ひげが生えている。まるで山で修行している師匠《サブ》そっくりのいでたちだ。

「ふん、さっきは命拾いしたようだな。だが、今度こそ息の根を止めてくれよう」

「何を！ まともなら、お前ごときにやられる私ではない」

「ほざくな！ これを見ろ」

死神がドクロの杖を掲げると、Hと向き合っていた地面が割れ、たちまち大きな噴火口が現れた。火口ではマグマが噴き出し、真っ赤に焼けた溶岩がどろどろと流れ、あたり一面に火の粉が散っている。

いつの間にか、縄に吊るされた友恵が現れて、その火口へ向かってするすると縄が下りていく。

「キャーッ！ Hさんっ、助けてぇ！」

友恵の泣き叫ぶ声がHの耳にこだまする。

「いいか！ この女の命は、お前が干渉さえしなければ、もう既に尽きていたはずなのだ。」

縄の下る速度が少しずつ上がり、焼けつくマグマからほとばしる飛沫が、今にも友恵の体に届きそうだ。

「どうだ、貴様は自分の痛みには耐えられても、他人がもがき苦しむ姿には耐えられまい！」

死神は勝ち誇ったかのように、クックックッと不敵な笑い声を立てた。

「何の！こんなまぼろしに負けてたまるか！」とHは気を吐いた。

「では、これはどうかな？」

友恵が熱さと恐怖にのた打ち回る幻影を振り払おうと必死に抗うHの気迫をあざけるかのごとく、死神はその朧《おぼろ》なる手に持った黒い杖を下から上に向かって振り上げる。するとHは突然金縛りにあったように動けなくなり、そのますーっと浮き上がった。あがこうにも抵抗する術はなかった。

そして死神がその杖を振り下ろすやいなや、Hの体は勢いよく後ろに吹き飛ばされた。

「なんだ口ほどにもない。さっきまでと一緒じゃないか」

死神は物足りなさそうに、吐き捨てた。

したたかに体を地面に打ちつけ、気を失いかけたHの喉元を、死神は、これでもかとあざ笑うかのように足蹴にしている。Hの顔面からは血の気が失せ、すっかり蒼白になっ

ていった。

「そろそろ、とどめを刺してやろう」

自らの勝利を確信したかのように余裕綽々《しゃくしゃく》と死神が杖を振りかざすと、柄の先に付いたドクロから禍々しく漆黒の光が溢れ出した。やがてそのどす黒い光はみるみる大きくなって荒れ狂い、Hに襲いかかろうとしている。

その闇に飲み込まれたら最後、魂を吸い取られ一巻の終わりだ。

もはやこれまでか……。

覚悟を決めたその時、Hの脳裏に走馬灯のように次々と、渡たちの笑顔が浮かんできた。

〈またみんなに会いたい……みんなを幸せにしたい……〉

その想いは、Hの心のなかに燈火となって暖かく、燦然と輝き始めた。

小さな燈火は、いつしか眩いばかりの光となってHを優しく包み込んだ。

そして、朦朧とした意識の中で、どこからか微かに声が聞こえてきた。

「……H…さん……」

「…Hさん、しっかり！」

「兄貴、頑張って！」

「Hさんっ、ファイト！！」

「Hさん！」「Hさん！」「Hさん！」

その声はさざ波のように次第に重なり、大きくなって、やがてはっきりとHの意識に届いた。

〈ああ、みんなが応援してくれている。こんなことで負けてはいけない……〉

そうした声に励まされ、Hは気合いもろとも死神を撥ね除け、ゆっくりと立ち上がった。

「何だと？　お前のどこにそんな力が！」

死神はなおも盛んに攻撃を仕掛けるが、充満するHの気力の前に次々に弾き返される。

それからHはじっと目を閉じると、静かに呪文を唱え始めた。

「……オム　シェシェジェ　アドミニ　ドジェ　サタヤ　ウン　バッタ」

「オム　シェシェジェ　アドミニ　ドジェ　サタヤ　ウン　バッタ」

「オム　シェシェジェ　アドミニ　ドジェ　サタヤ　ウン　バッタ……」


やがて、一瞬の間をおいてHが強く握りしめた白い杖を振ると、一天にわかにかき曇り、稲光が走り、雷鳴が轟いた。

Hがさらに白い杖を天高く突き立てると、空からは大粒の雨が降り出し、みるみる滝のような豪雨となった。

すると、あたり一面に猛烈な湯気が立ち昇り、Hと死神との間にあった噴火口と友恵の姿はいつしか消え失せていた。

そしてHは空に向かって翳した杖を、その手に渾身の力をこめて振り下ろした。

「これでも喰らえ!」

その瞬間、空に凄まじい雷光が煌めいたかと思うと、耳をつんざく大音響と共に死神が持っていたドクロの杖を雷電が貫いた。

激しい稲妻と閃光に撃たれ、粒子が消散するかのごとく死神の姿は忽然と消え失せた。

それまでの喧噪がまるで嘘のように、周囲は静寂のベールに包まれている。

やがて、その沈黙の壁を突き破って、死神の呪《まじな》う声がどこからともなく聞こえてきた。

——このままで……済むと思うな……あの女のことは……覚悟……して……おけ……。

切れ切れに届いてくる死神の呪詛の残響が収まると、あたりは再び静けさを取り戻した。

Hは真っ二つに折れている死神の黒い杖を見やって言った。

「……今度から、杖のグリップを金属製にするのはやめた方がいいよ」

「あっ、Hさんが、気がついた！」

詩織の声にみんながHのもとへ集まってきた。

「やあ、みんな、どうしたの？」

Hは不思議そうに言い、起き上がって、にっこりと笑った。

「オトーサン、死神は追っ払いましたよ。みんなの声が私の力になりました。みんな、

ありがとう！」

Hは再びにっこりと微笑んだ。

それから、「こうしてはおれない。友恵さんが心配です」

Hはそう言うと、そそくさと風間家へ戻って行った。


風間家の仏間にベッドが持ち込まれた。そして今、友恵がそのベッドの上で横になっている。緊急に友恵を移動させなければならない時には、この方が便利だろうということで、くるみの部屋のベッドを持ち込んだのである。

最近、友恵は体の痛みを訴えて、なかなか眠れないようである。

友恵が横たわるベッドの前では、仏壇に向かってHが読経している。ベッドの脇で涼介とくるみは、経文を唱えるHの息遣いに自らの呼吸を合わせるかのように、真剣にHに見入っている。

その時、涼介は何やら得体の知れない気配を感じて、ふとそちらへ視線を向けた。

そこには、薄ぼんやりとした白いヴェールに包まれて、祖母信江の霊が立っていた。

修験者のような白装束に鉢巻をして錫杖を手にしている。全身に凛とした気合が漲っているように感じられた。

祖母の霊が現れた事を察知したのであろうか、Hの読経にも熱が帯び始めた。

くるみが涼介の方を見ている。それに気づいた涼介が目で頷き返すと、くるみは怪訝そうな顔をした。

もともとくるみは霊感の強い方である。幼い頃からくるみは、祖母信江の霊感体質を受け継いでいた。

ところがどうやら、涼介も突如、霊感に目覚めたようである。それもくるみより先に信江の霊に気づいていた節がある。

くるみは漠然と感じていた。

〈お兄ちゃんはもしかして、あたしより強い力を持っているのかしら……〉

信江の霊は友恵の枕元に立っている。

友恵は目を閉じてはいるが、眉間にしわを寄せ苦悶の表情を浮かべている。

信江は、手にした錫杖を友恵の腹の周りにかざした。

友恵の顔が苦痛に歪んだ。

口からはウーッという低いうめき声を漏らしている。

信江が錫杖を左右に振るにつれ、友恵のうめく声が高くなってゆく。錫杖を振る信江の手の動きが一段と激しさを増した。

やがて、友恵の目がカッと見開かれたと思うと、青白い光に包まれた狗《いぬ》のような物体が、友恵の体から浮き上がった。そのまま逃げるように部屋を通り抜けていこうとしている。

信江の霊も錫杖を振り立て、それを追って部屋の外へと消えていった。

Hは、ぐったりとその場に突っ伏している。

友恵はと見ると、さっきまでとは嘘のような穏やかな表情になって、安らかな寝息を立てていた。

# Hの決断

Hは決断を迫られていた。

Hが来日してから二週間が過ぎた。その間、友恵の病状は小康を保っている。友恵の体のガン細胞がこれ以上増殖しないように、Hが歯止めをかけているのである。

このくらいは大したことではない。Hの力をもってすれば容易いことだ。

Hが主に力を注いでいるのは、友恵の苦痛を和らげてやることだった。肉体的苦痛を緩和するのはもちろんだが、精神面でも友恵に語りかけ、心配事を取り除いて心から安らぐようにと、精力を傾けていたのである。

Hは来日直前まで韓国の病院に入院していた。

自らも癌細胞に侵されているのである。

入退院を繰り返し、治療のため何度かドイツにも行ったことがある。

医師たちに言わせれば、生きているのが不思議だそうだ。

仮死状態に陥ったことも二度や三度ではない。

一度は、実際に死亡宣告され棺に納められた。そして火葬場まで運ばれたのである。

いざ、まさに棺が焼かれようとする寸前、棺の中でごそごそと物音がするのに気付いたHの後輩がストップをかけ、危機一髪でHは生還した。

まるで007の映画のような体験をしているのである。

そのHは、韓国の病院で友恵の苦痛を感知した。

亡くなった友恵の母、信江も夢に現れた。

信江の霊はHに訴えた。友恵を救ってほしいと。友恵を救ってやれるのはあなたしかいない——と。

もう、いてもたってもいられなかった。

大学の後輩がこっそり手配してくれた携帯を使って、立花家と風間家に電話をした。

Hが日本の彼らに電話をするのは、たいてい深夜だ。病院の看護師たちの目を盗んでするからである。

それから航空会社に勤めている後輩に連絡をとり、いつものように日本行きのチケットを手配してもらった。


今、友恵は必死で苦痛に耐えている。

一分、一秒たりとも長く生き延びようとする動物本能、すなわち生命力のなせる業である。

だが通常なら、とうに人間の精神力の限界を超えている。肉体的苦痛に精神が耐えきれず、音を上げているはずだ——もう、あちらに行かせてほしい、と。

この生命力、精神力を支えているのは、ひとえに二人の子供に対する責任感、裏返せば不安感に他ならない。

子供たちにとっても、友恵が肉親としての心の支えになっている。どんなかたちであれ、生きていられるなら、できるだけ長く生きていてほしいと願っているはずだ。

この互いの、三人の気持ちは痛いほど分かる。

できれば、みんなの願っているようにしてやりたい――と思う。

いや、自分が本当にその気になれば、それは可能だ。

十年は保証できる。

友恵にこの世での寿命をあと十年やることはできる。

もちろん、自分の命と引き換えにだ。

自分は今、九十六%まで神になっているが、その時は完全に神となって昇天する。

天《そら》からなら、もっとパワーを発揮してみんなの応援をすることができるし、より多くの人の力になることもできる。

みんなが幸福になるのなら、自分はそれでいいのだ。

しかし……、
果たして本当にそれでいいのか？

十年経ったら涼介は四十一歳、くるみは三十九歳だ。

その年まで母親に精神的に依存していては、将来の可能性に蓋をすることにもなりか

ねない。

「三十にして立つ」と言うではないか。

そもそも、子供は二十歳を過ぎたら、親から精神的に自立すべきなのだ。

そのために成人式というものがあるのではないのか！

韓国では数え年方式なので、日本の満年齢でいえば十九歳で成人式を迎える。

そして男性は、十九歳になったら徴兵検査を受け、二十九歳までの間に兵役につかなければならない。期間はだいたい二年二カ月である。

一般的に学生たちは、大学二年次を終えてから入隊し、三年次に復学する。

自由を謳歌する青春の日々が、一転して厳しい規律の下での集団生活になる。

これは若者にとって非常に辛い体験だが、二年強の年月を経て戻ってくるとみんな別人のように逞しくなっている。

こういう制度があることは個人の自由にとって不幸なことだが、反面親元から二年以上も離れて規律ある団体生活を送ることで、個として自立する精神が養われるのではないかとも思う。

ともかく韓国では、兵役を終えることで「一人前の男」として社会的に認知される。良きにつけ悪しきにつけ、徴兵制は韓国の男性にとっての「成人式」なのだ。

とはいっても、辛い兵役を避けたいと思うのが人情だ。

スポーツの国際大会で活躍すると兵役免除の特典が与えられるので、男子選手のモチベーションは異様に高い。最近では二〇〇二年ワールドカップでのベスト4進出により、サッカーチームの選手たちが兵役を免除されている。

昨今、日本では韓流ブームという流れが起き始めている。

私の努力が実を結んできた証であり、とても嬉しく思うが、これを一過性のブームで終わらせてはいけない。

今のところ、日本ではどちらかといえば、韓国の女優より男性の俳優に人気が集まっている気がするが、日本の女性が韓国の男性俳優に精神的なたくましさを感じているのではないかと思う。

日本の男たちにも、もっと精神的にタフになってもらいたいものだ。

それには試練を与えることだ。試練を乗り越えることで、人間は強くなってゆく。

思えば自分もいろいろな修行を積んできた。

最初は山での師匠《サブ》との修行だ。

一日の勤めは朝の水汲みから始まる。

私はいつものように水桶を持って沢へと向かった。

だがその日はいつもと違った。

山に籠もっての修行生活も三カ月を過ぎ、私のなかで芽生えた衝動はいつしか爆発寸前にまで膨れ上がっていたのだ。

〈逃げたい！〉

〈もう、こんな窮屈な生活は嫌だ！〉

〈もっとのびのびと自由に生きたい！〉

水桶を放り投げ、私は走った。

ひたすら走った。

生まれてこのかた、こんなに真剣に走ったことはなかった。

やがて立ち止まり、弾んだ息を整えて、ほっと胸をなで下ろした。

もう、大丈夫だ。

ここまで来れば、いくらなんでも、もう追ってはこれまい。

目を閉じて山の空気を胸いっぱいに吸い込んだ。

私は久々の解放感に浸っていた。

と、その時、耳元でなにやら聞き覚えのある音がした。師匠《サブ》が人を窘《たしな》めるときにする、舌先で「チッチッチッ」とやる音だ。

振り返るとすぐ傍で師が、人差し指を鼻先でゆっくりと横に振っていた。そして言った。

「そんなに急いでどこへ行くのかな?」

Hは想い出すと、今でも顔が赤らんでくる。

自分も若かったな。

あの時は自分がまるで、釈迦の手の平の上で踊らされた孫悟空のような気分を味わった。

そして極めつけは前回の指令《ミッション》だ。

私は天《そら》に問うた。

日本の「家族」が幸せになれないのはどうしてかと。

天は答えた。

「天は自ら助くる者を助く。

己の流す汗の尊さを知る者に幸あれ」

私は天に懇願した。

私の流す汗で彼らを幸せにしてやってほしいと。

天は答えた。

「今も言ったとおり。自ら流す汗の結晶を実感し、その充実感に浸るとき、人は真の幸せを感じるのだ。

Hよ、そんなことぐらいお前は重々、承知のはずだが……

だが、お前がそこまで言うのなら、お前の流す汗が彼らを動かす糧になるというのなら……」

そして私に指令《ミッション》が下った。

三〇キロの米俵を担いで山の麓から頂上まで運べと。

毎日、飲まず、食わず、眠らずに、それを三十日間続けろと。

標高数千メートル級の山だ。

私もさすがに、二十日目を過ぎた頃にとうとう音を上げてしまった。

「もう駄目です！　一歩も動けそうにありません」

その時だった。

天が轟いて急に大粒の雨が降ってきた。

その雨を体に浴び、思いっきり口に含んだ。

まさに私にとっては、干天の慈雨だった。

「天はまだ私を見捨ててはいない！　もう少し頑張れと言ってくれているんだ！」

私は意を強くして残りの任務をやり遂げた。

そして天《そら》から私に神の資格が与えられた。

「アッラン」

私は神「アッラン」になった。

だが、私の体にはまだ人間Hの部分が四%だけ残っている。

天上界にもさまざまな神がいる。

今、神々はどんどん人間の世界を離れていっている。人間のやることに愛想をつかして、独自の世界に入ってしまっているのだ。

もはや神の半分以上が人間に対して無関心派だ。

対して、真剣に人間を応援している神は僅か数パーセントに過ぎない。だが、彼らはそれこそ一心に身を投げ打って応援している。

そして、両者の中間層に位置していて、普段は人間界のことには傍観を決め込んでいる神々が約半数いる。

そんな神たちの間にも戦いがある。

その戦いに敗れると、無の世界に突き落とされる。

まったくの無、闇の世界だ。

人間ならその恐怖感に耐えられず、すぐに発狂してしまう。

神には耐えられる。意識を無にして〝無の世界〟に同化する。

やがてやってくる戦いの季節に備えて冬眠するのだ。

それが永遠の時だろうが、一瞬の間だろうが、神の世界では同じことだ。時空を超越した存在である神にとっては、人間の世界にある「時間」という概念は、有って無きに等しいものなのである。

だが、空虚な暗黒世界に退屈して屈服してしまう神もいる。それが鬼神となる。

いや、天上界にいる資格もないのに神のフリをしているだけの存在だったり、中にはモノに宿って人間に悪さをするものもある。それが鬼神となる。鬼神となって、それまで同じように人間を応援していたHたちを攻撃する。

Hは眠りにつくと、まずこの鬼神たちと戦うことになる。

鬼神の攻撃は、神経の経路に対して集中的に行なわれる。

坐骨神経痛や、歯の治療で神経に一瞬痛みが走る時のことを思い起こしてもらいたい。

ズキン。

ズキン、ズキン。

ズキン、ズキン、ズキン。

ズキン、ズキン、ズキン、ズキン。

ズキン、ズキン、ズキン、ズキン、ズキン。

鬼神たちはまとまって、たいがい相手の弱っている箇所に集中的攻撃を仕掛けてくる。

〈どうだ参ったか〉

〈そろそろ降参しろ〉

〈人間なんかを応援するのはもうやめろ〉

〈神の本当の怖さを思い知っただろう〉

〈早く俺たちの仲間になれ〉

よく日本では、大学入試の過酷な競争を称して〝受験地獄〟というが（韓国ではもっと競争は厳しい）、神々の世界では、行動や意識のあり方に至るまで逐一、厳密にチェックされ、点数による評価が下される。

鬼神たちにしてみても、点数を稼いで自分のランクを上げていけば、やがて天上界へ浮上できるかもしれないので必死なのだ。

Hは悠然と苦痛に耐えている。

〈お前たちもそれなりに頑張っているつもりだろうが、所詮その程度か。そんなものでは私には通じないぞ。暫くおとなしく反省していろ！〉

Hの放った気のパワーで、鬼神たちはしびれたように硬直し動かなくなってしまった。

神たちの戦いは、〝気〟の闘いである。

従ってHも疲れていて気運の衰えている時は、こんな下っ端の鬼神たちの攻撃もなかなか撥ね返すことができず、苦戦する。うなされたようになって、丸一日近く眠っていることもある。

どうも鼾をかいでいる時は、戦いもなく本当に休んでいるようだ。

Hは今、安らかな寝息をたてている。

Hの意識は天界を駆け巡っている。

白い龍に化身したHは、行く手を阻む鬼神たちを蹴散らして、暗黒の闇の世界から黎明ゾーンを抜けて、光の世界へと突入する。

友恵の母、信江の霊が現れた。

まだ友恵を産んで間もない頃だろうか、と思われるほど若い姿をしている。

「Hさん、いや、アッラン様、友恵のために、そして子供たちのために、はるばる日本へ来ていただいて、本当にありがとうございます」

信江は平伏して言った。

「やめてください。顔を上げてください」

Hは困惑の表情を浮かべて言った。

「確かに私は〝アッラン〟という神になりましたが、まだ人間Hでもあります。信江さん、娘さんの病状は悪化することはあっても、もう快復する見込みはありません。それでもまだ、生命を維持していることはできるのですが……」

微かに眉を曇らせて聴いていた信江は、やがて嫣然と微笑んで言った。

「アッラン様、いやHさん、娘のために本当によくしてくださいました。もう充分だと思います。これ以上、あの娘に肉体的苦痛を味わわせることには何の意味もありません。安らかに成仏して、こちらに戻って来られるよう導いてやってくださいませ」

信江の言葉を聞いてHの決心は固まった。

再び白龍へと変身したHは、信江に別れを告げ地上界へと舞い降りて行った。

# 友恵の夢

昨日の夜、夢枕に母の信江が現れた。

母が亡くなってからも何度か夢で会ったことがあるけれど、昨日は本当に久しぶりだった。

母はHさんのことを知っているようで、しきりに〈この人を信じなさい〉と言っていた。それこそ何度も言っていた。

あんまりしつこく言うものだから、私は「はい、そんなことは言われなくてもわかってますよ。私にとっては、Hさんは神様のような人だから」と言ってやった。

そうしたら、〈神様のような人ではなくて、本当に神様なんだよ〉と言う。

〈あなたはその神様に対して失礼なことばかりしている〉と言う。

私が「そんなことはありません」と言うと、〈あなたのことはすべて見ているんだから

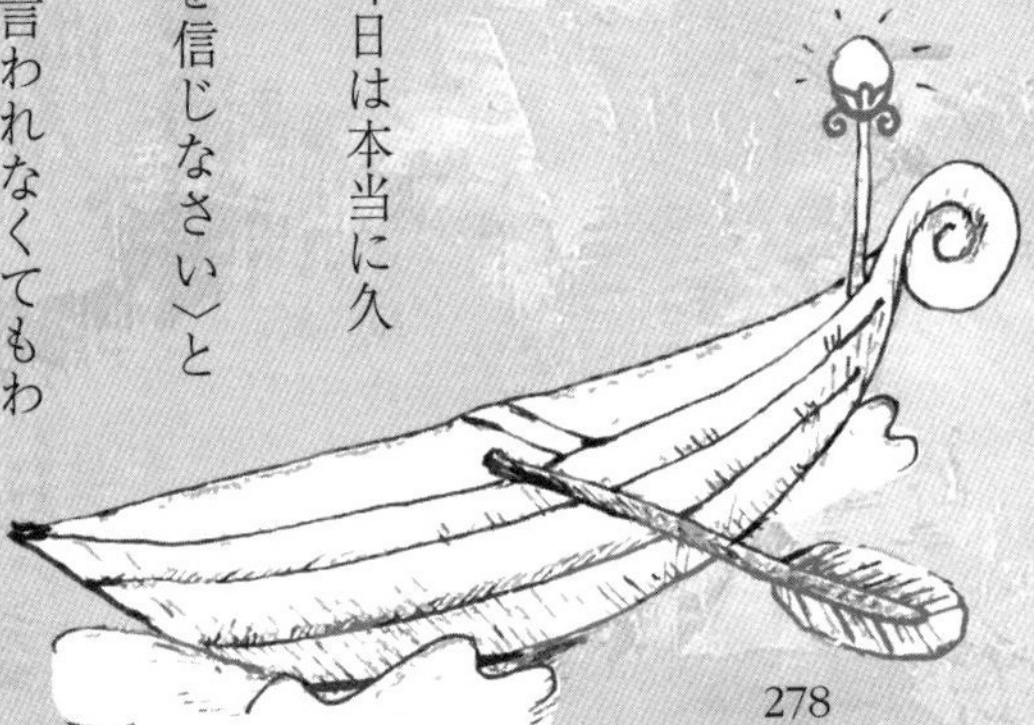

……〉と言って笑っている。

しばらくして母は言った。

〈今日もあなた、トイレに行きたいけど立てないって、Hさんに泣きついていたでしょう。そんなことでは駄目だと叱られて、そうしたらちゃんと一人で立って行けたじゃないの。

気持ちの問題なのよ。

甘えちゃ駄目よ！

この前も、もう少し生きていたいだの、孫の顔が見たいだのと言って、Hさんに凄く叱られたでしょう？

現世がすべてではないのだから、しっかりと心の整理をしなさい――と。

この世に未練を残していては、ちゃんと成仏できないんだから――と。

懇々と諭されていたでしょう！

あなたに心の迷いがあってはこの先、子供たちも安心して生きていけないのよ。

心配しなくても大丈夫！

Hさんがついているんだから、あなたは大船に乗った気で旅立っていらっしゃい。

それに、こちらに来ても魂の修行があるから、寂しいとか退屈だとか、そんなことを言っている暇はないのよ。

こちらで修行をして、ずっとこちらにいるもよし、もう一度人間に生まれてやりたいことがあると思えば、新たな人生を送るもよし。

それはあなた次第よ。

とにかく、あなたがその世界で使っている肉体という鎧は、もう使い物にならないくらいにボロボロなんだから、早くそのヨロイを脱いでこちらへいらっしゃい。

くれぐれも言っておくけど、よけいな雑念を引きずってきては駄目よ！

雑念をすべて捨てて、純粋な魂となって来るのよ。

それにはHさんを信じて、しっかりと心の整理をすること！

わかったわね。

じゃ、待っているから〉

目を醒ますと、枕元にHさんが座っていた。

私と目が合うと、にっこりとされた。

夢で母に会ってきましたと言うと、

――わかっています。

と、言われてから暫くして、

――良かったね。

と、嬉しそうに微笑んでおられる。

突然、私の目の前に眩いばかりの光の輪が広がり、その輪の中にHさんが微笑んで座っておられる光景が浮かんだ。

神様だ……。

私には本物の神様がついている！

嗚呼、私は、この神様に看取られてこの世を旅立ってゆくのだ……と思うと、何だか胸が一杯になった。

全身が至福の思いに包まれて、知らずに涙があふれてきた。

とめどなくあふれてきた。

Hさんは私の手をとって、

——感動の涙は美しいものです。思う存分泣きなさい。

と、言ってくださった。

私は泣いていた。

笑いながら泣いていた。

私は泣きながら笑っていた。

# 約束

渡は二カ月ほど前のことを振り返っていた。

あの日はしとしとと冷たい雨が降っていた。

立花家の全員が風間家の居間に集まっていた。

今夜がヤマかもしれない――一同は重苦しい空気に包まれていた。

万一の場合に備えて、ということで涼介、くるみのそれぞれに友恵から最期の話をする場が設けられた。

涼介には、脇道にそれずに音楽の道に精進して、一日も早く芽が出るように頑張りなさいと。

くるみには、私がいなくなってもHさんや立花家の人たちがついているし、私もいつも見守っているから、あなたは一人じゃないんだから頑張るのよと。

そして渡に、座敷からHが声を掛けた。

――こっちへ来てください。友恵さんから話があるそうです――と。

渡が座敷に入ると、涼介とくるみに両側から支えられて、友恵が蒲団から上半身を起こしかけていた。

渡が傍まで行くとHが渡の右手を取った。

Hはもう一方の手で友恵の右手を取り、二人をしっかりと握手させてから言った。

「二人とも相手のことを許しますね」

はっきり言って、友恵は渡のことが好きではなかった。

透が頻繁に店へ来るようになったのが切っ掛けで、Hを通して立花家と家族ぐるみの交際をするようになった。

やがて立花家の内情を知るに及んで、妻の裕子に同情する反面、非難の矛先は夫の渡に向けられた。

渡のバイト収入はすべて借金の返済に充てられている。

娘の詩織は国家試験の勉強に専念しており、経済力はない。息子の透はまだ大学生だ。従って、立花家の生活費は裕子のパート収入だけでは賄いきれず、実家からも援助を受けている有様だ。

これでは負担が一方的に裕子にかかっている。

渡の借金も、元はといえばバブル期に買った株が値下がりし、焦って先物取引に手を出したあげく、ますます傷口を広げていったせいである。おまけに会社もリストラされてしまった。

立花家もご主人の渡さんがもう少ししっかりしていれば、奥さんの裕子さんがあんなに苦労することもないだろうに……と友恵は思う。

Hさんと出会っていなかったら、立花家はとうに分裂していたかもしれない。

我が風間家は表面上は経済的な問題はない……。

夫の健治は今のところ世間的には一応、名の通った役者で、人並み以上の収入がある。家計の心配はない。

だが愛人がいる……。

本当に男は勝手だ。
金がなければ女に生活の負担をかけるし、あればあったで他に女をつくる。
本当に男は勝手だ。
耐えるのはいつも女の方だ。
どうしてこの世の中は、女ばかり苦労するようになっているのだろう。
本当に男は……。
でも本物の男もいる。
いや、男というより、もう人間を超越した神様だ。
Hさんは私にとっては神様だ。
それも生きている神様だ。
私は生きている神様に出会ったのだ。
気掛かりなのは涼介とくるみ……。
だがそれも、二、三日前夢に現れた母が言っていたように、Hさんにまかせておけば
大丈夫。

何とかなるだろう。

もう何も思い残すことはない。

Hさんは私と夫以外、誰も知らなかった秘密を知っていた。私が涼介を産む前に二人の子供を堕ろしていたことを……。

子供たちは漠然とは気づいていたらしいが、はっきりとは知らせていなかった。

昔は舞台役者といえども人気商売で、結婚していることを隠して独身を装うのがこの世界の常識だった。ましてや子供がいることは致命的だった。夫がある程度の地位を確立するまでは仕方なかったのだ。

Hさんは風間家の先祖の霊に会ってきたと言う。そして水子たちの霊にも……。

彼らは私を怨んではいないと言う。その代わり自分たちの分まで、涼介とくるみには頑張って生きてほしいと……。

Hさんとは立花家を通して知り合った。

立花家と風間家の縁が切れれば、私と風間家との縁も切れます、とHさんは言う。立花家と風間家はお互いに協力し合わなければ、と。

立花家で鍵を握っているのは、何といってもご主人の渡さんだ。

私の日本の大親友です。私の目の前でオトーサンの悪口を言う人がいたら、私が許しません――とHさんは言う。

今、渡オトーサンはHさんのことを本に書こうとしているそうだ。

何としてもこれを完成してもらわなければならない。

Hさんのことをもっと日本や韓国、いや世界中の人たちに知ってもらいたい。

Hさんの存在を知れば人々の意識も変わる。そうすれば世界も変わる。

きっと立花家の家族も幸せになる。そして風間家も……。

この本を完成させるためには、Hさんにしっかり渡オトーサンの後押しをしてもらわなければならないだろう。Hさんは諦めるということのない人だが、辛抱強く渡オトーサンの尻を叩いてもらわなければ……。

そして勿論、渡オトーサンの努力が必要だ。

もしこれをやり遂げることができれば、彼にとって新たな人生の展望が開けるだろう。

渡にとって友恵は、何となく自分のことを嫌っているのを感じるので、これまで一緒にいても煙たい存在だった。あまり当たり障りなく接していこうとそれまでは思っていた。

「二人とも相手のことを許しますね」

渡は友恵の目を見た。

まったく邪心のない澄んだ目をしている。

こんな友恵の目を見たことはなかった。

〈この人は仏様になるんだな……〉

思わず熱いものが込み上げてきて、渡の心の中のしこりを溶かしていった。

渡がHの方を見て頷くと、友恵も感に堪えたかのように頷いている。

「それでは私たちは席を外します」

Hと涼介、くるみの三人が部屋から出るのを待ちかねたかのように友恵が口を開いた。

「オトーサン、Hさんのことを本に書いてください。お願いします」

居間からHの読経の声が聞こえてくる。

「はい、そのつもりではいますが……」

「絶対に書いてくださいね！　お願いします」

「わかりました。わかりましたから、その本ができるまで友恵さんも頑張ってください」

「……」

「必ず書きますから！　それを読んでください。それまで頑張るんですよ！」

「Hさんの本を……お願いします」

「読んでくださいね。頑張って……約束ですよ！」

渡は握っていた友恵の手をそっと離し、上体を寝かせると座敷の間を後にした。

Hと涼介、くるみが座敷に戻った。

再びHの読経の声が聞こえてくる。

店内に流れる曲がジョン・コルトレーンの『ジャイアント・ステップス』に変わった。

――友恵さんがオトーサンに言ったことはそれだけですか……。

Hは煙草のけむりをゆっくりと吐き出してから、渡の方を向いて言った。

――それじゃあ、オトーサンは友恵さんのためにも、書かなければいけませんねぇ。
約束したんだから……。
渡はうん、うんと頷いてから言った。
――自分にどれだけのものが書けるか分かりませんが、精一杯頑張ります。
――よし、じゃ乾杯！
Hは、渡と水割りのグラスを傾けながら、暫く前のことを回想していた。

# 人間の愛、神の愛

## 1

――さあ、早くここを去るのだ。ここでのお前の役目はもうとっくに終わっているのだ。

〈嫌です。私はもう少しここで、立花家と風間家の人たちを見守っていたいのです。〉

――ばかな。人の運命はそう簡単には変えられぬのだ。これ以上余計な節介をするでない。

〈私も人間です。人間が人間の手助けをして何故悪いのですか？〉

――この地球には何十億もの人間がいるのだぞ。お前の助けを必要とする人間は他にも大勢いるのだ。一人ひとりの人間にそう時間はかけられない。

〈でも、私が日本に来たときはこの人たちに大変恩を受けました。私の力が足りないせ

いで、まだこの人たちにその恩を返していません。この方たちが幸せになるのをこの目で見届けたいのです。〉

――人間は本来それぞれに役割を持って生まれ、自分の力で自分の運命を切り開いていくものなのだぞ。それに運命とは生まれた時からある程度決まっているのだ。

とはいっても、どこかでその歯車が狂ってしまう人間がいる。そういう人間たちを助けて、本来あるべき姿に戻してやるのがお前たち天使の仕事だ。

この使命を担った天使は全部で三十体ほどこの世にいる。お前は普通の人間ではないのだ。地上の人間どもが考えている「天使」とも違う。天からの使命を受けた特別な存在なのだ。

よいか！　お前はいずれ神にもなれる存在だ。もちろん、神にもいろいろランクはあるがな。

Hよ！　お前ならきっとよい神になれるぞ。

〈……〉

――この世には、恵まれた才能があるのにそれを活かせずに、一生を終えてしまう人

間がいっぱいいる。勿体ないことだ。せっかく天から授かった役割を果たすための力があるというのに……。

そうした者どもは眠っているのだ。眠ったまま生きているのだ。

一人でも多く彼らの目を醒ましてやらねばならぬ。

Hよ！　それがお前の一番の仕事だ。

自分の才能に気づかず、気づいていたとしても、それを活かせずにいる人間を導いてやるのだ。

〈人間には〝情〟というものがあるのです！　好きとか嫌いとかの感情は、他の動物にも多少はありますが、人間特有の感情で……〉

――Hよ、おまえの言う人間の〝情〟というものほどいい加減であてにならないものはないのだぞ！

〝情〟とは遷《うつ》ろうもの。人間は自分に都合のよい時に、この〝情〟という言葉を使って他の人間に甘えるのだ。『情に訴える』とか『情にすがる』などと言ってな。人間の世界の裁判では『情状酌量』という言葉があるくらいだ……そのような曖昧なもので裁きを下す人間の

なんたる愚かなことよ。
結局、人間はズルいのだ。
自分の事しか考えておらん。
『喉もと過ぎれば熱さを忘れる』これは人間が作った諺だ。
人間は過去の都合の悪い事はみな忘れるのだ。
よいかHよ！　人間の情を信じているといずれお前が傷つくことになるのだ。
それでもよければ勝手にするがいい。
お前も神に近づけば近づくほど、人間のズルさが見えてくるはずだ。
〝人間はズルい〟
このことを肝に銘じておくのだぞ。

# 2

Hは「人間はズルい」と言った天の言葉を思い出していた。

渡とHは家の近くのサウナへ行った帰り、ふらりと寄ったスナックバーで飲んでいる。

頬杖をつき、水割りのグラスの向うを透かし見るようにしてHが言った。

――人間には〝情〟というものがあるでしょう。

だから〝感情〟とか〝愛情〟とかいうでしょう。

でも神の世界には〝情〟というものがないんですよ。

ただ、〝愛〟があるだけです。

とてもクールです。

厳しい〝愛〟なんです。

半ば目を閉じたようにしてHの言葉を聞いていた渡は、水割りを一口くちに含んでから言った。

――人、木石にあらざれば、みな情あり、傾城《けいせい》の色に遇わざるに如かず。

——白居易の『白氏文集・李夫人』の一節ですね。

——日本の古典文学として有名な『源氏物語』の蜻蛉《かげろう》の巻や、『平治物語』にもこの引用が出てきます。

ところで〝情〟といえば、韓国の人も情が深いのではないですか？

——韓国では先祖をとても大事にします。葬式になると、十親等まで遡って一族が集まります。

——十親等！　そこまで調べるんですか？

——本貫《ポングァン》といって、一族が発祥した地名と姓氏を組み合わせたものがあるんです。韓国の姓には金や李や朴が多いでしょう。でも戸籍には本貫の欄があって、それで一族かどうかがすぐに分かるようになっているんです。だから韓国では、恋愛をする前に戸籍を調べておかないと悲劇が起こります。極端な話、千年以上前の先祖が同じでも、同族とみなされて結婚できませんでしたから。

——そんなことをいったら、日本人同士はみんな結婚できなくなっちゃうかも。

——オトーサンに昔、私の恋の話をしたでしょう。

——ああ、美人の女優さんとの恋ですか！

——あれは実はそういうことだったんですよ。ドラマ作家と女優、そんな絵に画いたような組み合わせのカップルに起こった悲恋……。

——でもHさんはアメリカの国籍も持っているでしょう。いざとなれば、アメリカで婚姻届を出す手もあったんじゃないですか？

——実はそこまで考えたんですが、結局は父《アボジ》に反対されましたから……。

自分の出生に際して戸籍を捏造したことが発覚してから、父親に不信感を抱き、ことごとく反発するようになったとはいえ、最終的にはアボジに従ってしまうH。

李朝時代に儒教が国教に定められてから、韓国では孝の精神に則り、親孝行や祖先崇拝が重んじられている。とりわけ、子供にとっては一家の中心であるアボジが絶対的存在なのだ。

——だから、私もズルい人間なんだよ……いや、だったと言うべきか……。

——Hさんは、今は神と人間の両方の視点から物が視られるから、そんな風に言うん

だろうけど、でも、Hさんは人間であることに誇りを持っていたんじゃないのかい？

サインする時は必ず、「人間H」と書くし、昔使っていた原稿用紙にも「人間H」と印刷してあるじゃないの。

あなたがそんなことを言ったら、俺なんかどうしたらいいんだよ？

八年前あなたと出会わなかったら、おそらく家族はバラバラになって、俺は今ごろホームレスにでもなっていたかもしれない。

あの頃は借金のことで頭がいっぱいで、もう生きていてもしょうがない、いっそ自殺しようかと考えたこともあったくらいだから……。

あの時、Hさんは俺に言ってくれたよね。

『オトーサンの借金は、半分は私が何とかします。だから、お金のことは考えないで忘れてください』って。

それで、スーと気持ちが楽になって、気分が若返ったというか、本来の自分の人間らしさを取り戻したような気がしたんですよ。

実際に借金はあの頃の半分以下になっているし……。

あれはきっと、魔法の言葉だったんだ。

そして、あなたのお陰で家族全員がひとつにまとまって、絆が深まったし。

そんなことを思えば、あなたにはどれだけ感謝しても、感謝し足りない気がする。

そんな思いがあって、あなたのためなら代わりに死んでもいいって言ったんだ！

でも、さっきはもうその時の気持ちを忘れていた。

自分の人生に愛着が湧いてきたし、このままでは終われないという意地というか、執念のようなものが自分のなかにあるんだ！

――そう、それでいいんですよ！

Hは渡の肩をポンと叩いた。

――それでこそ、本当の立花渡さんです。

よし、握手！

Hと渡は握手して乾杯する。

二人のグラスが空になった。

Hはバーテンに酒のお代わりを注文した。

バランタインの二十一年物。

残念ながら三十年物はこの店には置いてなかった。

とはいっても、渡はこの二十一年物を飲んだのも初めてである。

十八年物も一度か二度ぐらいしか飲んだ記憶がない。

ねぇ、オトーサン。このお酒が作られた二十一年前、何をしていましたか?

「透が生まれた頃かな。あの頃は仕事も順調で、生活に何の不安もなかったなぁ……」

「時間とはある意味、残酷なもの。儚くもあり、それだけに愛おしく、素晴らしいものでもあるんだ。酒も時間によって磨かれて、奥深い味わいに育っていくからね……」

神と人間、両方の意識があるHだからこそ、人間として生きる時間の貴さがひしひしと感じられるのだろう。またそれを、酒の味になぞらえて言うところがいかにも彼らしい。

Hと一緒に店に入ると、彼はいつもそこにある最高の酒を注文する。

海外旅行では、旅の途中はできるかぎり出費を控えてケチケチ旅行に徹するという。

その代わり、着いた初日と旅の最終日は、その土地の最高の店に行って、最高の酒と料理を存分に味わってみるのだそうだ。

彼の確かな味覚と料理のセンスは、こうした体験によっても磨かれているのだろう。

きっと、料理の道に進んでも最高のシェフになっていたに違いない。

渡はそんなことをぼんやりと考えながら、カウンターの隅に置いてあるCDケースに目をやった。

店内にはJAZZの演奏が流れている。

渡はケースの中から解説書を取り出した。

スタン・ゲッツ最後のライブ公演盤。

一九九一年三月、コペンハーゲンにてP(ピアノ)ケニー・バロンとの共演、とある。

スタン・ゲッツは、一九六〇年代後半に、アントニオ・カルロス・ジョビンやジョアン・ジルベルトらと共に爆発的なボサノバブームを産んだことでも知られる、テナーサックス奏者だ。

そう、彼はこのステージに上がった時には、もう末期的な癌に侵されていた。

隣に座っているこの男Hと同じだ。

そしてもうひとり、先日亡くなった友恵さん……

渡が追憶にふけっていると、Hが言った。

——オトーサン、今回は結構、私も長くいましたが、もうそろそろ帰ります。

言われてみれば、Hが来日してから三カ月近くになる。

最初に日本に来た時は一年以上いたが、それ以外はだいたい長くても一週間から二週間程度の滞在だった。

続けてHは言った。

——もう、くるみは大丈夫でしょう。

くるみは祖母の信江に似て霊媒体質がある。

だが、自分でそれをコントロールする術がないので危険なのだ。亡き母を慕い無意識のうちにその霊を求めていると、そこに下級霊が寄ってきて取り付こうとするのだ。

Hはこれまでずっとくるみの傍にいて、それを阻止してきた。

渡もそういう場面を目撃した。

突然、目がすわったようになって、何かに魅入られたような状態になる。

「くるみ！　しっかりするんだよ！」

Hが言って、くるみの背中をぽんと叩くと、くるみはハッと我に返ったようになる。

そういうことが何度かあった。

――くるみさんは、お母さんと二人三脚のような生活をしていましたからねえ。これからはしっかりと自分の足で歩いていかなければならない。それに慣れるまではHさんの支えが必要だったんですね。

――涼介はあの通りマイペースだし、ふたりとも、結構我が強いから、放っておくと喧嘩ばかりしています。たまにならいいんですが……。

　まあ、これからはお互いに協力し合ってやっていくようにと、よく言い聞かせましたけど。オトーサンたちも見守ってやってください。

――あの兄妹は、喧嘩することでお互いの存在感を確かめ合っているようなところがありますからね。

――もっと、お互いどうしが相手の立場を尊重しなければなりません。これはどんな人間関係にもいえることですが……。

もし相手に不満な点があって何かを要求する場合ですね、自分を逆の立場に置き換え

て考えてみればいいんですよ。自分がもし相手の立場で同じことを言われたら、それを百%できる自信はあるだろうかとね。

そう考えたら、同じことを言うにしても自然と言い方が変わってくるはずです。

にっこり笑って穏やかな口調で言われたら、相手も素直に受け入れようかなという気になるんですよ。

それを、目じりを吊り上げて厳しい口調で言われたら、反発する心というんですか、それが先に出てしまうんです。人間には自己防衛本能がありますから、相手の言うことを聞くよりも、まず自分を守ろうとして相手を反撃してしまうんです。

ほら、〝攻撃は最大の防御〟というじゃないですか！

――なるほどね！

そうして、お互いに言葉のパンチを繰り出しあって、壮絶な乱打戦が展開されるというわけですね。

でも、自己防衛本能という説明はよくわかります。

渡は頷きながら、フーッと煙草の煙を吐き出した。

――オトーサンも思い当たることがあるでしょう。

にこっとしながら、Hは渡の顔を覗き込むようにしながら言う。

――うちの場合は、だいたい僕が先に闘いのリングを降りて、ぶつぶつと捨て台詞をつぶやきながら、自分の部屋へ引きあげるというパターンですね。

そう、猫の喧嘩でいえば、僕の負けですね。

むかしアトムが、ほかの猫と喧嘩をしている場面をよく見たことがあるんですが、お互いににらみ合って、うなり声をあげて威嚇しあうんです。そして取っ組み合いになることもありますが、たいがい、その前に負けを認めた方がすごすごとその場を去っていきます。アトムが引き下がったのは、見たことはありませんが……。

――うわー！

Hはのけぞって拳を固め、笑いながら絶叫した。

――アトムを見習え！

――男たち！　もっと頑張れ！

ひとしきり笑いあって乾杯したあと、Hと渡は水割りのお代わりを注文した。

店内では、ソニー・クラークの『朝日のようにさわやかに』が流れている。

新たに差し出された水割りのグラスを乾杯してからHは言った。

――今回私は、オカーサンにもかなり厳しくしました。どうもすみません。

と言って、Hは渡にむかって頭を下げた。

――いやー、Hさんが厳しく言ってくれたお陰で、あれだけスマートな体形になったんだから感謝してるでしょう。

今は、やせるためにダイエット食品を利用したり、スポーツジムに通ったりして、みんなお金と時間をかけて必死な努力をしている。それを裕子は食事制限と腹筋運動だけで、三カ月で十キロ以上やせたのだ。今の体重は五十キロを切っているだろう。

特に彼女は甘いおやつ類には目がなかったのだが、これを控えるよう徹底的にチェックされた。毎日五十回の腹筋運動もノルマとして課せられた。食事の分量についても、風間家の人たちを交えての食事の時に、「オカーサンが食べるのはこれだけ」などとHが指定するので、他の人の目を意識せざるをえなくなって、自分のなかで意識改革がなされていったのだろう。

パートで働いている同僚たちからも、羨ましがられたり、中には病気じゃないかと心配する人もいたらしい。

――オカーサンについては健康だけが心配だったから……。あんなに太っていては長生きできないんだよ。

それと料理をする人は、それを食べるみんなの健康も預かっているわけだから、台所の周りはいつも清潔にしておかなければならないんですよ。

裕子は流し台やガスレンジの掃除から、皿の洗い方にまで事細かに注文をつけられたのだ。

Hがみんなによく言うフレーズは、「見えないところに気をつけましょう」だ。「天知る地知る己知る」の精神と言えよう。

そこに誰もいないと思っても、我々は常に天や地や草や木にみつめられている。そしてなによりも自分自身にみつめられている。

だから己に恥じることのないよう、行動を律していかなければならない。

――オカーサンは頑張っていると思います。

オトーサン！

裕子さんをそろそろ楽にさせてあげようよ。

Hの言葉に渡は黙ってうなずくしかなかった。

——この前、オカーサンの亡くなったお母さんに会ってきました。

Hは、霊界にいる魂とも交信することができた。

裕子の実の母は裕子が三歳の時に亡くなっている。

その後、妹が父の後添いになった。

裕子の父は内科の医者である。

もともとは自宅の前にある土地で開業医をしていたのだが、土地の権利を町に格安で譲与して、長らく町立病院の院長を務めていた。

後進に道を譲り、八十歳を超えた今も、嘱託医として往診に出掛ける日々を送っている。

——凄く怒っていました。

渡に対して、という意味だろう。

――それから、オトーサンのお父さんにも会いました。

渡の父は二十年前に癌で亡くなった。

亡くなる直前は、肺のガン細胞が脳にまで転移していた。

享年七十五歳だったが、化学者として薬学分野における特許発明の功績により、五十八歳で紫綬褒章を受章している。

仕事に関しては、悔いのない人生だっただろう。

――私に向かって、『すみません、すみません』と何度も頭を下げて言うんだよ。

身内に対しては甘えがあるのか、好き放題に言いたいことを言うのだが、他人に対しては人一倍、気を遣う父だった。

店内には軽快なテンポで、ホレス・シルバーの『ソング・フォー・マイ・ファーザー』が流れている。

――私は二人に言ったんだよ。『ほっといてください』って。

『必ず私が何とかしますから』って。

Hは上を見あげ、ゆっくりと煙草のけむりを吐きだした。

——それとオトーサンのお母さんの寿命は、私がもう少し保証しますから……。

渡の母はもう九十歳近いが、郷里の介護福祉ホームに入っている。同郷に嫁いだ姉が、家から近いこともあって、二日にあけず訪れて何かと面倒をみてくれている。

——お母さんに、息子の本来の姿をみせてあげようよ。

Hはうな垂れて聞いている渡の肩をポンと叩き、頑張ってくださいと言うと、渡のグラスに自分のグラスをカチンと合わせて言った。

——さあ、乾杯しましょう！

二人は水割りを飲み乾し、お代わりを頼んだ。

——それに……。

次の酒が来るのを待たずにHが切り出した。

——友恵さんは最期、オトーサンに何と言いましたか？

店内にはセロニアス・モンクの『ラウンド・ミッドナイト』がゆったりと流れている。

# 雨……

友恵のお通夜の後、一足先に家に戻った渡にHから電話が入った。まだ葬儀場にいるとのことだ。

「ここに来て、一緒に少し飲みませんか？ 泊まれる部屋もあるから、明日の衣装も持ってきてね。じゃあ、待ってますから」

Hは涼介と、友恵さんを偲んで飲んでいるらしい。

渡は再び葬儀会場へと向かった。

たっぷりの酒と、たっぷりの寿司が用意されていた。

ふと見ると、涼介の隣に女の人がいる。涼介の学生時代からのガールフレンドだと紹介された。

一見して地味な印象である。眼鏡のせいもあるだろうが、雰囲気が妙に落ち着いてい

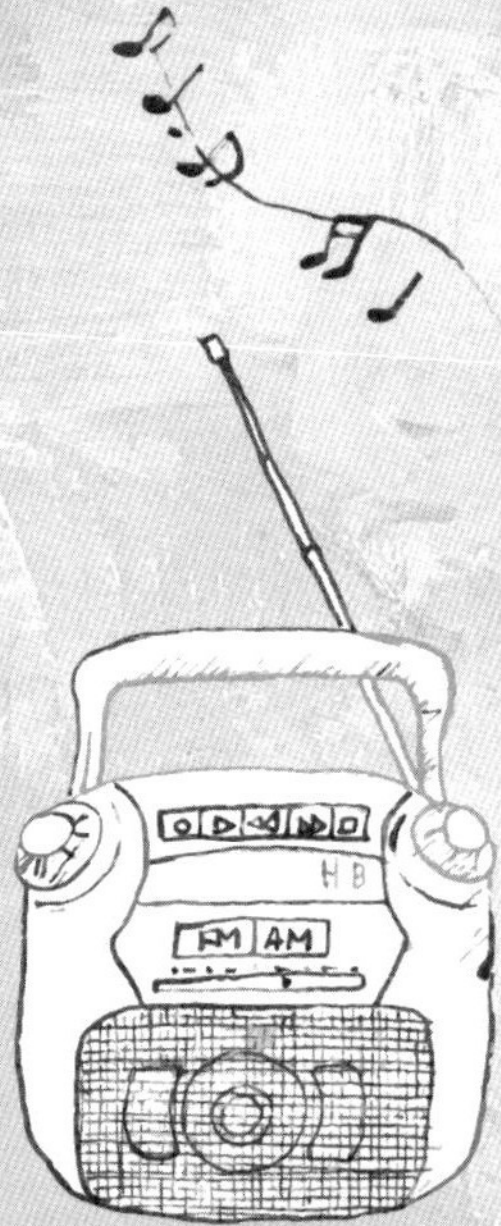

て涼介と同世代とは思えないほどだ。一言で言うと、おばさんっぽいのである。

彼女のどこに涼介が惹かれたのか、渡には解せなかった。しかし男女の仲は傍から見ただけでは分からない、二人だけに通じる世界があるものだ。

時々どちらかが思い出したように連絡してきて、何となく今まで交際が続いていたようである。大学時代から数えるとかれこれ十年ほどのつきあいになる。

大学のクラス分けは通常、第二外国語の選択によって決まる。二人ともドイツ語を選んだ。その当時は第二外国語の中ではドイツ語が最も人気があってクラスの数も多かったが、まず二人はそこで同じクラスになった。すると少なくとも、第一外国語の英語と第二外国語のドイツ語で、二年間は同じ授業を受けるのである。

大学一年の春のことだった。

涼介はこの日四つ目の授業の教室に向かって、キャンパスを歩いていた。

〈さすがに一日四科目はちょっとキツかったかなぁ……。でもこれが終われば明日、明後日と土日連休にできるからな。〉

土曜日にまわせる科目もあった。だが、土曜日を完全に休みにして連休にするため

に、敢えてその前の金曜日を過密スケジュールにしたのである。

涼介は歩きながら、ぼんやりと視界の前方に女子生徒の姿を捉えていた。

〈あれ、彼女二限目のドイツ語の時とさっきの三限目も一緒だったなあ。ひょっとして今度もそうなのかな?〉

すると彼女は後ろを振り返り、涼介の方を一瞥したかと思うとあわてて視線を戻し、あたふたと駆け出すようにして涼介の視界から遠ざかっていった。

涼介は教室に入り後ろの方の席に着いた。何気なく辺りを見回すとさっきの彼女の後ろ姿が目に入った。

〈あれ、あの子やっぱりまた僕と同じ授業なんだ。さっきはどうしてあんなに急いでたんだろう?〉

その後も何度か彼女と授業で顔を会わす機会があった。

授業中、涼介が誰かの視線を感じてそちらの方に目を向けると、いつもそこに彼女がいて、わざとらしく視線を逸らしてしまう。

〈どうも自分を避けているようだが、どうしてだろう? 何か彼女の気に障るような事

をしただろうか？　それとも、わざとこちらの気を惹こうとしているのかな？〉

涼介は彼女の行動が解せなくて、何となく心の隅に引っ掛かったまま、前期の授業が終わり夏休みを経てやがて秋になった。そして後期の授業が始まった。

涼介はすっかり秋の気配に包まれた昼下がりのキャンパスを歩いていた。ふと見ると前方に例の彼女の姿が見えた。

〈そうか今日はあの子と同じ授業だったな……。また僕を避けるつもりなんだろうか……。〉

すると彼女の歩行速度が急に弱まり、涼介がまさに横に並びかけるかと思われた寸前、立ち止まりふり向きざまに涼介に向かって言った。

「もう、私の後を追いまわすのはやめてくれませんか！」

「えっ？！」

涼介は唖然として言葉に詰まってしまった。そしてその瞬間、これまでの謎が一気に解けたのである。

なんと自分はストーカーに間違われていたのだ。

涼介は学生証を見せ、自分が採っている科目を曜日ごとに説明した。

彼女は、ドイツ語で同じクラスだからC大生だということを疑っていたわけじゃないけど、金曜日になると一限目から四限目までずっと私と同じ授業を受けているから、何だか気味が悪くて、てっきり私の後をつけまわしているんじゃないかと思っていたと言う。

涼介は、土曜日を完全に休みにするために、金曜日がそんな時間割になったと言うと、じゃ、私と同じ考えだったのね、と言って彼女は笑った。

その後二人は、金曜日ごとに何度かデートを重ねる仲になった。

彼女は一見のんびりしておとなしそうに見えるが、なかなかどうして気が強く、思い込みの激しいところがあった。彼女のそうした性格は、涼介をストーカーと勘違いした事にも表われている。

涼介には少しオタク気質というか、表面上他人が分からない美点を発見して、それを自分だけの喜びとするところがある。おそらく、彼女の隠れた美点をたくさん発掘したのだろう。

しかし卒業しお互いが社会人になると、徐々に二人が会う頻度が減っていった。それ

でもお互いに気になる存在である事には変わりなく、何となくそのまま関係が続いていたのである。

母親の友恵はそんな涼介の態度を心配して、たびたび忠告していた。

「あなたが本当にその人が好きで、結婚する気があるのなら構わないんだけど、成り行き上ずるずると関係を続けているんだったら、早く別れた方が相手のためにもなるのよ。ましてや同じ年でしょう。もしこの先あなたに別に好きな人ができたわ、いまの彼女に婚期を逃したから結婚してくれと泣きつかれたわ、ということになったら一体どうするのよ？はっきりしなさい！　相手のためを思って別れるのも、男の優しさなのよ」

確かに涼介は宙ぶらりんの状態にいたのである。彼女のことはとても好きで、自分としても大切な存在には違いないのだが、昔から時折見せる彼女のよそよそしい態度が涼介にはどうしても推し量れずにいた。今さら彼女の本当の気持ちを確かめる勇気もなかったし、涼介には彼女を生涯の伴侶として一緒に生きていくということが、現実としてどうしてもイメージできなかったのだ。

〈自分の結婚相手は本当に彼女でいいのだろうか？　それとも別に……〉

そう考える度に、彼女と逢う度に、涼介は彼女に対する愛情と自分の意識とのギャップに、いたたまれない気持ちになっていたのだった。

久しぶりに会った二人は、昔の思い出話などを取り留めもなくしゃべっている。

Hが渡に向かって言った。

「オトーサン、何だかこの二人に当てられっぱなしじゃないですか？　オカーサンとの馴れ初めの話をしてくださいよ。確かダンスパーティーで知りあったんでしたよね」

「その話はもう何度もしたと思うけどな……」

渡は照れ笑いを浮かべながらも言った。

「大学二年の時、下宿の仲間とダンパに行ったんだ。ダンスは初心者で自信がないし、二、三人に声を掛けたけど断られて、そろそろ帰ろうかなと思っていた時のこと。三人組の女性が会場に入ってきて、そのうちの二人はあっという間にパートナーが決まったから、この機会を逃す手はないと思ったんだよ。残った一人は絶対に断らないという確信めいたものが閃いたので、すぐに誘ったところ、案の定ＯＫしてくれて一緒に踊っ

たんだ。それが今のカミサン」

「そうですよねぇ……まさに運命の出会いでしたよねぇ……。そうだ涼介、せっかく久しぶりに会ったんだから、二人で踊りなさいよ。音楽をかけるから」

「えっ、ここでですか?」

涼介は、彼女と顔を見合わせて言った。

「私、踊れないし……」

「いや、そういうことではなくて……。ねぇ、オトーサン」

涼介は同意を求めるように、渡の方を見て言う。

常識で考えれば、柩を前にして踊るというのは、不謹慎の誹りを免れないのだろうが、Hの前ではそんな常識はどうでもいいように思えてくるから不思議だ。

「友恵さんは宝塚のファンだったよね」

渡が言うと、それに続いてHが言った。

「ダンスも好きだったんだよ。ここでお前たちが踊るのを見せてあげなさいよ」

Hに促されて、涼介と彼女は照れくさそうにしながらも、祭壇の上にあがった。柩の

周りには沢山の花があり、その上には友恵さんの写真が飾ってある。

明日の葬儀用に用意してあったのだろうか、Hがどこからともなくラジカセを持ち出してきて、やがて音楽が流れた。

曲はカーペンターズの『青春の輝き』だった。

心地よく耳に響き、聴き飽きないメロディーにサウンド、そして妙に沁みるヘレンの歌声……。

かつて渡は翻訳の勉強のため、しばらくイギリスで生活した事があるが、カーペンターズとビートルズの曲がラジオから流れない日は一日としてなかった。おそらくそれは今も変わっていないだろう……。

渡はそんな追憶にふけっていた。

柩の置かれた祭壇の上では、Hに促されて涼介たちがぎこちなく曲に合わせてダンスをしている。二人とも照れたようにおずおずとステップを踏んでいる。

ちょっとおばさんっぽい彼女だけれど、友恵さんという母親が亡くなった今、涼介にとって失われた母性の隙間を埋める存在になるのだろうか……?

ヘレンの歌声が流れている。
I know I ask perfection of a quite imperfect world
〝不完全な世界に完璧を求めている〟――涼介はどこか完璧主義者のところがあるが、
それはまさしくHの求めている世界ではなかろうか……？
And fool enough to think that's what I find
〝そしておめでたい事に、それが見つかると思っている〟
サビの部分のリフレインが続く。
I know I need to be in love
I know I've wasted too much time
〝私は恋をするべきで、これまであまりに時間を無駄にしすぎてきた……〟
涼介と彼女のカップルにとって、というか普通はこのような意味にとれる歌詞だが、
渡　はまったく別のニュアンスもあると感じていた。
〝私はいつも愛のある世界にいなければならないし、そのために費やす時間は決して惜しくない〟

〝私は不完全なこの世にあっても、完璧を求めている……そしてそれが可能だと、心底思っている……どんなにバカだと言われてもかまわない――それが私という存在〟

曲が終わり、涼介たちのダンスも終わった。

Hが涼介に言った。

「涼介、そろそろ彼女を送って行きなさい。お前にはプレゼントがあるよ！」

涼介が愛車で彼女を送っていった後、Hは渡に言った。

「さあ、オトーサン、もう少し飲みましょうか！」

「涼介君と彼女はずい分久しぶりに会ったみたいですね」

「彼女は私が呼んだんですよ。涼介にとって一番よい日にね……」


やがて、彼女を送り終えた涼介が戻ってきた。

「ありがとうございました。Hさんがくれた最高のプレゼントですね！　本当にありがとうございました」

久しぶりに二人が再会して、お互いになくてはならない存在だと認識しあった――そ

してもしかしたら結婚する約束までしてきたかも……。

渡がそんな風に思っていると、涼介の口から意外な事を聞かされた。

「彼女、もうすぐ結婚するそうです」

涼介が語ったところでは、車の中でずっと彼女は、二人がこれまでつき合っていた頃の思い出話をしていたそうだ。そして彼女の家の前まで来て、いざ車から降りる時になってもなかなか彼女は降りなかった。

そして彼女は、意を決したかのように涼介の顔をまじまじと見て言った。

「けじめとしてあなたにこの事を言うために、今日私は来たんだけど、なかなか言い出せなくて……。

ごめんなさい！　私……、もうすぐ結婚します。

私、涼介君の事が大好きだった……。

でも涼介君が私の事を本当はどう思っているのか分からなくて……私って本当にズルい女かもしれないね……もっと自分の気持ちをあなたにぶつければ良かったのかもしれないんだけど……。

結局私は、涼介君の負担になるのが怖かったの。

涼介君って、すごく優しくて何でも受け入れてくれて……でもどこかで何故だか分からないんだけど、拒絶されている壁みたいなものを感じるの。あなたとつき合っていてそれがずっと疑問だったし、今でもそれは解けない謎なの。

だから、いつかその謎を解いてみたいな……なんて思った事もあったんだけど……。

ごめんね、涼介君！　本当にごめんなさい……ごめんなさい……」

泣き出した彼女を涼介は思わず抱きしめていた。

涼介は、それは僕も同じだ。謝るのは自分の方だと言った。きっと君を幸せにする自信がなかったんだ。だからずるずるとつき合ってきて、かえって君に辛い思いをさせたかもしれないと、今は反省しているよ。本当にごめん。

君が結婚すると聞いて、それは……やっぱりショックだけど、それで君が幸せになれるのなら、僕は本望だよ。

結婚おめでとう。必ず幸せになるんだよ！

今までつき合ってくれてありがとう。君が大好きって言ってくれて嬉しかった。

本当にありがとう……。

涼介は彼女に別れを告げた。


「最高のプレゼントを頂きました。本当にありがとうございました」

涼介は再びHに向かって言った。

立て続けに、母親と恋人というかけがえのない女性を二人失ってしまった涼介……。〝最高のプレゼント〟とは皮肉で言っているのではない。涼介はさっぱりとした顔でニコニコと笑っている。

「そうか」とHは頷いて、三人でまた坦々と飲み始めた。

表面上は元気そうに振舞っている涼介だが、心の中にはぽっかりと大きな穴が開いているに違いない。それも矢継ぎばやに二つも……。

これはある意味、Hが涼介に与えた試練なのだろう。

涼介ならきっとこの試練を乗り越えて、一回り大きく成長するはずだ——Hはそう思っているに違いない。

人は試練を乗り越えて強くなれる。心の痛みを知ってこそ、人に優しくなれる。レイモンド・チャンドラーの小説で、主人公の私立探偵フィリップ・マーロウが呟く有名なセリフを、渡は思い出していた。

「男は強くなければ生きていけない、優しくなければ生きている資格がない」

涼介の心中を推し量っていた渡だったが、それにしても、この涼介の解放感に満ちた満足気な様子はどうだろう……？

涼介にとっては失恋の痛手より、宙ぶらりんの状態だった精神的重圧から解放されたことの方が大きいのかもしれない。

そういえば、友恵さんも涼介の彼女の事では、ずい分心配していたそうだ。これで友恵さんもある意味、ほっとしているのかもしれない。

「私が友恵さんの柩のそばに付いているから、二人はそろそろ休んだ方がいい」とHに言われ、渡と涼介はベッドのある仮眠室へと向かった。

二人が部屋に入ろうとすると、不意に蝶が飛び込んできた。季節はずれの蝶である。

ちょっと怪訝そうな表情を浮かべた渡に向かって涼介は言った。

「あっ、友恵さんが来てますよ。ほらそこに！」

まるで至極当然なことのように、さらりとした口調で涼介は言った。

冬の蝶にしては妙に元気よく、はしゃいだ様子で部屋の中をひらひら飛び回っていたが、やがてその蝶は何処へともなく飛び去っていった。

まるで友恵さんの魂が蝶の姿を借りて、束の間この場に現れたかのような――そんな不思議な感覚を渡は味わっていた。

祭壇の柩を囲んで一面が白い花で埋まり、
その上には遺影が飾られている。
今、その遺影が降りてきて、涼介の手に渡された。
笑顔の友恵がそこにいる。
柩の蓋が開けられた。
目を閉じた友恵がそこにいる。
安らかに目を閉じた友恵が、白い花で埋まってゆく。
柩の蓋が閉ざされた。
そして柩は斎場へと向かう。
笑顔の友恵もそれに付いてゆく。
雨が降り出した。

霊柩車の後を、

Hたちを乗せたマイクロバスが斎場へと向かっていく。

降り出した雨に、Hが歓声を上げた。

葬式の時に雨が降るのは、

霊が成仏するためには凄くいいことなんだそうだ。

マイクロバスの窓から身を乗り出して、

天に向かってHは何度も何度も感謝の祈りを捧げていた。

# 右手とハート

友恵の葬儀が終わっても、Hには休む暇はなかった。

健治は年末に向けての地方公演で家を離れてしまったし、残された涼介とくるみ兄妹にとって、立花家が家族同然に接してくれているものの、何といってもHの存在が心の支えになっていたからである。

それに友恵の魂が成仏して天に昇り、そこで修行してさらに成長するように見守らなければならない。

立花家も風間家兄妹とお互いに支えあって、もっともっと、一人ひとり成長していく必要がある。

立花家と風間家、中でも代表格のオトーサンと涼介には特別に頑張ってもらわなければならない。

年が明けて二〇〇四年になった。

元旦の夜、涼介とくるみが新年の挨拶にやって来た。友恵の葬式からまだひと月足らずで、ともすれば暗く落ち込みがちの二人だったが、Hの励ましもあり努めて明るく振る舞っていた。全員で新年の挨拶を交わし、乾杯しておせち料理を食べた。裕子の作った料理に加え、くるみも重箱に詰めた自作のおせちを持ち寄ったので、みんなは味の批評などをしながらワイワイと盛り上がった。

ひと通りみんなの腹具合が満足した頃、Hが切り出した。

「さあ、新しい年になりました。友恵さんも今は天《そら》で頑張って修行しています。みなさんも友恵さんに負けないように頑張りましょう！」

Hの言葉に「オー！」という一同の歓声が上がる。

「それでは一人ずつ今年に向けての抱負を発表してください。じゃまずは年の順でオトーサンから」

「えーっ、年の若い順かよ！」

酒も入って渡はごきげんに軽口をたたいていたが、真面目な顔つきになって言った。

「友恵さんに読んでもらえなかったのは残念ですが、約束したからには必ず小説を完成させます。きっと天国で読んでもらえると思いますので頑張ります！」

みんなから一斉に拍手が起こって、Hが言った。

「そうですねぇ。頑張ってくださいよ！　じゃ次はオカーサン」

「ハイ、私は苦手な掃除と片付けを頑張ります！」

「本当に？　オカーサンはいつも『ハイわかりました、やります！』と返事だけはいいんだけどね」

Hがモノマネした、裕子の口調と仕草がおかしくて全員が爆笑した。

「じゃ、次は涼介」

「世界制覇」

こういう時に、人を食ったように答えるのが涼介の真骨頂でもある。

「オー！　F1にでも出るのか？」

カーレース好きの涼介に対して、渡が横槍を入れたが、Hは苦笑しながら深く追究することなく先へ進んだ。

「じゃ次」

「じゃ、次は私ですね」とくるみが言って続けた。

「お母さんが亡くなって、みなさんが一番心配しているのは私のことだと思います。いつも、それこそ金魚のフンのようにそばにくっ付いて行動していましたから……。今はまだ精神的にも不安定だと思いますが、Hさんの指導に従ってしっかり生きることがお母さんへの供養でもあり、天国の母もそれを望んでいると思いますので、母に心配をかけないためにも頑張って生きていこうと思います」

くるみの前向きな発言に、みんなは励ましの気持ちを込めて盛大な拍手を送った。

「よし、頑張るんだよ。じゃ、次は詩織」

「私の目標はひとつしかありません。とにかく、国家試験の合格に向けて頑張ります」

みんなから応援の拍手が起こった。

「本当に頑張ってね。じゃ次はルークン」

「えーと、四月から就職するので、社会人として頑張ります」

「ルークンもいよいよ社会人か……。頑張るんだよ。次は……私か！」

Hは言って、全員を見渡した。

「私もできる限り人間の身として頑張っていたいと思う。でも、いつ自分の中の神が現れるか分からない。自分でもそれはコントロールできない。

神は完璧を求める。細かい点にまで注文をつける。それを不快に感じる人もいるだろう。

神は現実を冷静に見つめるだけである。それを冷徹だと、冷酷だと感じる人もいるだろう。

だからあなた達といる間は、できるだけ人間として接していたいと思う。

人間としての私にエネルギーを与えてくれるのは〝感動〟である。私を感動させてもらえば、それが私の人間として生きるエネルギーになるのだ。

私に感動を与えてもらいたい！

みんなが頑張っている姿を見せてもらいたい！

一人が欠けてもダメなのだ。全員の心がひとつになって頑張らなければ……」

そこまで言ったかと思うと、急にHの顔つきが変わった。

「立花渡、前に来なさい！」

さっきまでとは口調も違っている。

渡は平身低頭して前の方へにじり寄った。

「お前にはこの者の右手を与える。右手、すなわち書く力だ。この者も作家としては、なかなかの者だからな」

今や、神アッランと化したHは、渡に右手を差し出すように命じ、そこに自分の右手をかざして瞑目し、何やら呪文を唱えた。

それが終わると、涼介が渡の隣に来るようにと命じられた。

「風間涼介、お前にはこの者の左手を与える。左手、すなわち心臓だ」

神は涼介に左手を差し出させ、今度はそこに自分の左手をかざして、さっきと同じように呪文を唱えた。

心臓とはハート、Hのシゴトである人助けの心。

それに必要な〝不思議な力〟なども含まれているのであろうか……。

神は続いて言った。

「お前たち二人は、この者の右手と左手を与えられた。今後は力を合わせ、この者を助けるのだ。ここにいる他の者たちも全員で力を合わせて、自分たちにできることを精一杯頑張ることだ。お前たちが頑張っていれば、それがこの者の力になる。分かったか！」

「ハイ！」

みんなが応えると、神と化したHは力尽きたかのように膝ががくんと折れ、その場に倒れこんでしまった。

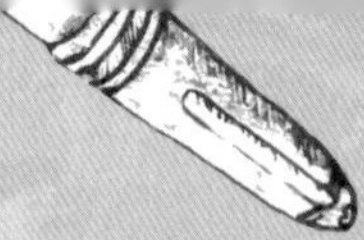

# 渡の執筆

渡はHについての本を書くにあたり、以前Hと話したことをいろいろと想い出していた。

Hとの話で一番印象に残っているのは、「自分を捨てることです」と言われた時のことだ。

その時、渡は夏目漱石の「則天去私」を引き合いに出して、自分の知識の範疇で理解しようとしたが、そこを見抜かれて、「頭で考えているうちは駄目だ」と言われた。そして、山での修行の話をしてくれた。

渡はその時の事を振り返っているうちに、気づいたことがあった。

「則天去私」の意味は、〝天意につき従って、私心を捨て去る〟ということだ。

しかし、Hの言う「自分を捨てる」は、その結果、天意をも動かしている。

自分が限りなく神に近づきつつも、愛すべき「人間」である部分も残しながら、時には厳しく、時には優しく、人間を見つめ、「みんなの幸せが私の幸せ」と言う。

「みんなの幸せが私の幸せ」と口で言うのは容易いが、普通の人間が言えば、まずその人は〝偽善者〟だと思われるだろう。

何といっても人間は自分が一番かわいいのだ。

人はまず自分の幸せを一番に願う。

他人の幸せは二の次である。

自分の幸せを一番に考えるから、他の人よりは幸せになろうと考える。

そこから、いろいろな心の葛藤が生まれるのだ。

驕慢、嫉妬や猜疑心、恨み……。

それが心の病になることもある。

場合によっては、犯罪や殺人に至ることもある。


Hはこれを逆に考える。

「自分を捨てる」ことによって、「みんなの幸せが私の幸せ」と言うのである。

私はゴミ箱です。
あなたをリサイクルしてあげます。
不満は全部私に言ってください。
あなたの悪いところは、私がもらいます。
私のいいところは、あなたにあげます。
私はすべてを捨てます。
一％も残さず、自分を全部捨てます。
それがあなたの幸せのためなら……。
あなたが幸せになるなら、それが私の幸せになります。

理想論といえばそれまでかもしれないが、一人一人が本当にこういう風に考えられたら、きっと世の中の人はみんな幸せになれるのだろう。

すべてを許し、見返りを求めず、相手を思いやる心。

自己の犠牲を厭わず、ただひたすらに与え尽くす心。

それは、愛だ。神の愛だ。

人を生かす力だ。

愛を知ることで、人は神に近づくことが出来るのかもしれない。


Hと出会ってから渡は、「見えない世界」の存在を強く意識するようになった。

この世界は目に見えるものだけで成り立っているのではない――と。

普段人間の目に見えないものそれは、人知を超えた世界〝神の領域〟だ。我々の住むこの世界には、そうした〝神の領域〟へと通じる扉が至る所にあるのだそうだ。

Hはその世界の一端を、度々渡たちに垣間見させてくれた。

そう、まるで魔法の鍵を開けるようにして……。

しかし、それを小説として〝表現する〟ということは、渡にとって想像以上に困難な作業となった。

Hの言葉が、Hの行動が、そしてHと共に自分が見たこと、感じたことが、漠然と頭の中で形になりかけては消えていく。その繰り返しだった。

遅々として、なかなか筆の進まない渡に向かって、ある日Hはこう言った。

「オトーサン、もっと、もっと精神を集中して！　いったん作品の世界に入ったら、そこでは自分が〝神〟にならなければいけないよ」

〝神〟とは何なのか。作品の創造主としての神……。いや、Hの言わんとしていることは、そんな単純な理由だけではないだろう。

神アッランから与えられた右手の力。なぜ、それが自分に与えられたのか。

では、自分の果たすべき役割とは何なのか。

突き詰めて考えていくうちに、渡はやがてひとつの命題に行き当たった。

——なぜ、自分は生きているのか。

この世界の全てのものには、それぞれに与えられた理由、存在意義があるという。

だが、人間として生まれ、生きていく意味は一つしかない。

それは、己の魂を磨くことである。

その為には、とことん自分を見つめなければならない。自己と対峙し、自己を客観的に「内観」することが必要だ。

Hに奨められ、小説を書くことは、渡にとっては「内観」する時間を持つことに他ならなかった。

魂を研ぎ澄まし、透明な心を持つことが出来れば、その先には目に見える以外の、もう一つ別の世界が開けてくる。

それは渡にとって未知の扉へと向かう旅でもあった。

きっとその扉の向こうには、果てしない「透明な天《そら》」が広がっているのかもしれない。

渡は、途中で何度も挫折しかけては、Hや立花家の家族、風間家の人たちに励まされ、悪戦苦闘しながらも、Hを中心とした物語を書き綴っていった。

# 天《そら》へ

## 1

ついに渡の書いた原稿が本になって上梓されることになった。

日韓同時発売ということで、韓国語版の出版に際しての記念パーティーが開かれることになり、Hの計らいで立花家と風間家の涼介、くるみを含めた六人が韓国に招かれた。

ところが、金浦空港の到着ロビーには、出迎えにきているはずのHの姿が見当たらなかった。

今回の渡航に関してはすべてHの手配にお任せで、宿泊するホテル名も分からない状況なので、Hが現れないことには埒が明かない。

みんなが途方に暮れていると、くるみが「あれは!」と声をあげた。

くるみが指差した方を見ると、サングラスをかけて黒っぽいスーツを着た青年が、〝立花家、風間家御一行様〟と書いた紙を持ってキョロキョロと辺りを見回している。

渡たちが近づいていくと、青年は「はじめまして」と言って深々とおじぎをした。

だが、サングラスを外して顔を上げた青年の目もとは真っ赤に充血していた。

「ようこそいらっしゃいました。私はH先輩の後輩で金室長と申します。本来ならH先輩がここに来るはずだったのですが、先輩は、先輩は……」

金室長と名乗った青年は明瞭な日本語でそこまで言うと、それっきり下を向いて絶句してしまった。

「Hさんがどうかしたんですか?」

「いったい、今どこにいるんですか!」

事態のただならぬ気配を感じて、みんなは青年に詰め寄り口々に訊ねた。

しかし、金室長は何かにじっと耐えている様子で、相変わらず下を向いたままだった。

暫くしてようやく顔を上げた金室長は、意を決したかのように口を開いた。

「H先輩は、元気にパーティーの打ち合わせなどをしていました。私は先輩から車の手

配をしておくように言われていました。今日は私が運転して、先輩と一緒にみなさんを空港まで出迎えに行く予定でした。

三日前のことです。

私が車のレンタル予約をしたことを先輩に伝えると、先輩は、じゃ食事にでも行こうと私を誘ってくださいました。

H先輩は上機嫌で酒を飲み、みなさんのことを話しておられました。そろそろ帰ろうかという頃になって急に、みなさんの韓国での予定を書いた紙を私に渡し、『自分にもし万一のことがあればこの通りにしてくれ』と言われました。

私が、そんな縁起でもないと言うと、『世の中何が起こるかわからないから』と言われました。

先輩でもわからないことがあるのですかと訊ねると、『〝一寸先は闇〟といって人は常に気を引き締めていないと……先のことは天のみぞ知る、だ』と言って、うっすらと笑みを浮かべておられました。

その時のH先輩の横顔が何故かとても寂しそうで、いまだに私の目に焼きついてい

ます。

そして、店を出た後、車に撥ねられそうになった子供を助けようとして先輩は……」

金室長は感極まったように言葉を詰まらせた。

やがて彼は、気を取り直したかのように続けた。

「子供は先輩に抱えられていて無事でした。先輩の体がクッション代わりになったのです。しかし、先輩は全身打撲で重体でした。駆けつけた救急車を私が案内して、先輩はいつも入院している病院へと運ばれました。

H先輩は最初、子供の様子を盛んに気にしていましたが、無事だと知るとひとまず安心したようでした。その後は意識が朦朧とした状態で、『オトーサン、オメデトウ』と何度もうわ言のように繰り返していました。『もう少しだけ、お願い……』とも。

でも今日の夜が明ける頃、とうとう……」

青年の言葉を聞いても、みんなは一様に信じられないといった表情を浮かべ、その場に呆然と立ち尽くしている。あまりにも突然の衝撃に言葉を失ったようであった。

ともかく、車の置いてある場所まで移動しましょうと金室長に促され、みんなは駐車

場へと向かった。

地に足がつかないとはこんなことをいうのだろうか。一歩一歩前に向かって歩を進めてはいるのだが、まるで自分の足で歩いているという実感がない。一行はまるで夢遊病者の群れのようだった。

駐車場にはミニバス型の車が用意されていた。後部座席に荷物の積み込みを終え、全員が車に乗り込むと、運転席から金室長は言った。

「H先輩の遺体は今、病院の霊安室に安置されています。ホテルのチェックインを済ませ次第、そちらへ車で向かおうと思いますが……。ホテルへ向かう途中に病院があるので、そちらへ先に行っても構いません」

この金室長の提案には、全員一致で先に病院へ向かおうということになった。

〈Hが死んだなんて嘘だ！〉

〈そんなことがあってたまるか！〉

〈きっと悪い夢をみているに違いない！〉

みんな、内心ではHの死を認めたくないのだ。

Hの遺体と対面するなどという現実とは向き合いたくない——と思いつつも、ここで現実と向き合わなければ一歩も先へは進めないことは、みんな充分分かっていたのだ。

やがて一行は、病院の長い回廊を通り抜けて、地下の霊安室へとたどり着いた。

金室長は受付の職員に何やら韓国語で喋った後、入室許可を得たようで扉を開けてもらい、みんなを先導して中へ入っていった。

室内はひんやりとした冷気に包まれている。

死に装束をした何体かの遺体が安置されていた。

顔面は白い布で覆われている。

奥の方へと進んでいた金室長の足が止まった。

「あ……れ……？」

金室長は何が起こったか分からないとした顔で振り返った。

周りを不思議そうに見回している。

金室長の前にあるベッドは空だった。

そして枕の上の方では、Hと書かれたネームプレートが空調の風にただ揺らいでいた。

## 2

出版記念パーティーは、渡たちが宿泊しているホテルの結婚披露宴会場に使われる一室を借りて執り行われた。

会場にはバックグラウンドに曲が流れていた。

タイトルは『ミッション・フロム・ヘヴン』。

元々は渡が作詞し、涼介が作曲したものだが、渡の本には巻末にインスツルメンタル版のボーナスCDが付いている。それが流れているのだ。

後日、日本語版と韓国語版によるCDが発売される予定はあるが、それも本の売れ行き如何にかかっていた。

金室長の司会により、パーティーは順調に進み、いよいよ渡が紹介された。

「本日はお忙しい中、多数の皆様にお集まりいただきまして、誠にありがとうございます」

渡のスピーチの後から、金室長が韓国語で同時通訳していった。

「たいがいの本がそうであるように、この本もまた、いろいろな人の御協力によりできあがりました。

原稿の上がりを辛抱強く待ってくださった出版社のスタッフの方々、皆さんの我慢強さには頭が下がります。本当にありがとうございました。また、翻訳者の方や、校正、装丁、製本に携わってくださった方々、誠にありがとうございました。

日本と韓国の両国で、この本のために関わってくれた全ての方々に、心より感謝いたします。

それから、この場に招かれた私の家族と、家族同然のお付き合いをしている風間家の兄妹を紹介します。みんな、こちらへ来てください」

渡に促され、それぞれが並んでゆっくりと壇上に上がった。

「まず妻の立花裕子です。長女の詩織に、長男の透です。

こちらが『ミッション・フロム・ヘヴン』の作曲者でもある、作曲家の風間涼介君に、妹のくるみさんです。

この人たちの励ましがなければ、決してこの本ができあがることはありませんでした。

みんなの、時には憎たらしいほどの、強い〝愛のムチ〟には、今となっては本当に感謝しております。

本当にご苦労をおかけしました。皆さん、盛大な拍手をお願いいたします」

場内が笑いと拍手に包まれた。

「ありがとうございます」

一呼吸おいて、しみじみとした口調で渡は続けた。

「そしてもう一人、こちらの風間兄妹のお母さん、今は亡き友恵さん。

この方と最期に交わした約束がなければ、この本は生まれなかったかもしれません。

天国から見守って、陰ながら力を与えていただきました。

きっと、できあがった本を読んでいただけたと思います。

本当にありがとうございました」

場内から一段と大きい拍手が湧き起こり、静まるのを待ってから渡は続けた。

「皆さん、私たち六人はこうしてこの場に立てることを光栄に思いますが、本当に心からは喜べません。

なぜならば、もう一人、当然この場にいなければならない人がいないからです。

それは、この物語の主人公でもあるHさんです。

彼はこの出版記念パーティーのお膳立てをすべて整えてくれました。

私たちは当然、彼が一緒に祝ってくれるものだと思い、この日を心待ちにしていました。

Hさんは四日前、子供を助けようとして交通事故に遭いました。病院側からは死亡確認がなされましたが、その後、遺体が忽然と消えてしまいました。

今現在、生きているのか天国にいるのかも定かではありません……。

この場の締めくくりとしまして、私がこの本を書く何年も前に彼をイメージして詩をつくり、それに風間涼介君がメロディをつけてくれた曲、『ミッション・フロム・ヘヴン』を、ここにいる六人で歌いたいと思いますが、皆様、よろしいでしょうか？」

会場から一斉に承認の拍手が起こり、そして、曲のイントロが静かに流れ出した。

〝いるんだね　本当に

いたんだね　本当に
天使という存在が
A man of mission from heaven
There is a man of mission from heaven
時には優しく
春のそよ風のように　心の扉をノックする
時には激しく
夏の嵐のように　果てなき情熱を吹き込む
その心の奥には　遙か深い愛が
満ちあふれている
限りなきその力は　空からのメッセージ
A man of mission from heaven
There is a man of mission from heaven
時には静かに

秋のすきま風のように　しんみりと心に染み入る
時には厳しく
冬の吹雪のように　氷のナイフを突き刺す
その心の奥には　遙か深い愛が
満ちあふれている
限りなきその力は　空からのメッセージ
照らせ　愛の光を
ひたすら　人の心を　救うためにと
いつかみんな　わかる日がくるまで
新しい夜明けがくる　その日まで〟

曲が間奏に入ると、突如照明が暗くなった。
渡が気配を感じてふと横を見ると、そこにHはいた。
Hは渡に向かってにっこりと微笑んだ。

そして、渡たちと当たり前のように肩を組んでHも歌い出した。

〝風のように現れ
風のように去ってゆく
心の傷を癒し
心に希望の灯をともし
生きてる限り
頑張るのが人生と
いつまでも教えてくれる〟

「すみません、みんなごめんなさい」

Hが言った。

「心配をかけてごめんなさい。

みんなよく来てくれました。

オトーサン、オメデトウ！」

Hは渡に抱きつき、それからみんなと一人ずつ抱き合った。

「本当にごめんなさい。

事故に遭って本当は一回、天《そら》までいったんです。だけど、お願いしたらまた戻ってこられたんです。

百％の神として……

しかも百％人間のHとして」

想像の域をはるかに超えたHの言葉に、渡は改めて感心するばかりだった……。

そうして間奏が終わり、渡がはっと我に返ると、いつの間にか照明は元の明るさに戻っていた。

〝風のように現れ

風のように去ってゆく
心の傷を癒し
心に希望の灯をともし
生きてる限り
頑張るのが人生と
いつまでも教えてくれる
A man of mission from heaven
There is a man of mission from heaven
A man of mission from heaven〟

歌い終わり、全員は深々と一礼した。

会場から、割れるような拍手が起こった。

暖かい拍手に包まれて自分のテーブルに着こうとする寸前、渡は入り口の扉のそばに一人の男が佇んで、じっとこちらを見ている姿が目に写った。

渡の方を見て、にっこりと微笑んでいた。
「あっ！」
渡は一目散に入り口の方へ駆け寄った。
扉の影から見ていた人物が消えてゆく。
渡は追った。
さっきまでいたように思えた人物は見当たらない。
渡は付近を見渡した。
確かに見たのだ！
間違いない！
紛れもなくHだった。
いったい何処へ消えたのだろう。
渡たちと一緒に、歌を歌っていたようにも思えたのだが……。
それともあれは幻だったのか？
渡は呆然とその場に立ち尽くしていた……。

ピンポーン。ドアチャイムが鳴った。
外はうららかな春の日差しがふりそそいでいた。

「オトーサン、ただいまー」

（了）

# 後記

ワールドカップ・ドイツ大会の頃には出版するはずが、南アフリカ大会も終わってしまった……。

本を書くと約束してからすでにかなりの歳月が流れたことになる。じりじりしながら待っていてくださった関係者の方々に、この場を借りましてまず深くお詫び申し上げます。

「人間」という字は〝人のアイダ〟と書く。

人は一人では生きていけない。好むと好まざるとに関わらず、いろいろな人との繋がりの中で生きている。

その繋がりを円滑にする潤滑油となるのが愛である。人の心の中にある純粋な愛だ(間《あいだ》)。

また「人間」という字は〝人のマ（魔）〟とも読める。

人の心には〝魔〟が潜んでいる。

「魔が差す」というように、ある日突然魔に取り憑かれることもある。〝魔〟は隙あらば人の心の隙間に入り込んで人を虜にしようと虎視眈々と狙っている。

だから人は常に心の鏡を磨いておかなければならない。

人はみな、生まれたときには純粋な〝愛〟そのものである。赤ちゃんをみて心が和むのは誰もがその愛によって癒されるからだろう。しかし人は年齢を重ねるごとに、心の鏡が曇ってきて純粋さが失われていく。

人が生きていくということは、自分が本来もっている純粋な〝愛〟と多くの〝魔〟との戦いの歴史である。

愛が勝つごとに人は成長し進化する。

やがて幾多の〝魔〟を蹴散らして、人の心が究極の愛で満ちあふれた時、人は神へと進化（神化）するのであろう。

こうした仮説をもとに、主人公Hを軸としてこの物語は展開する。

人は失敗したことを後悔しても始まらない。後悔からは何も生まれない。しっかりと反省して、二度と同じ過ちを繰り返さないようにすればいい。反省をしたら後ろを振り返らずにひたすら前を向いて歩いていけ。決してあきらめるな。「為せば成る」――とHは言う。

人と接するときは自分を捨てなさい。自分を空っぽにすれば、そこに自然と相手の心が入ってくる。そうすれば自ずと相手を思いやる気持ちが生まれる。自分を捨てることは自分を失くすことではない。捨てたものはすぐに拾えばいいいんだから――と。

言葉の上では理解できても、日常的にそれを実行することはとても難しい。人間はとかく感情に左右されやすい動物である。だから常日頃から、自分の感情をコントロールするように気をつけていなければならない……。

私は拙書において、人が生きていく上で本当に必要なものとは何か？ 人が生きていく意味とは何か？――ということを模索してみました。

さて、Hを巡る〝愛〟の物語はまだまだ続きます。近々続編が刊行される予定です。もしよろしければ、是非そちらも手に取ってご一読いただけたら幸いです。

なお、巻頭に記した〝祥江さん〟とは、本書において友恵役のモデルにさせていただいた方です。きっと天国で読んでいただけたことと思います。――もう、いつまで待たせんのよ、待ちくたびれちゃったわよ――と笑顔混じりでお叱りを受けることでしょう。

――遅くなりましたが、祥江さん、私はあなたとの約束を果たしましたよ……。

本書の刊行に当たりまして、多くの方々のご協力や激励をいただきました。伏してここに感謝の意を申し上げますと共に、この本が少しでも日韓友好の一助となれば幸いです。

天高文

# 追記

本書で、主人公Hが来日する時期は、一九九五年という設定です。

この年は、阪神淡路大震災という近年まれにみる大災害、並びに、地下鉄サリン事件という人災が起こった年でもあります。こうした悲惨な出来事があった日本に、韓国からやって来て、人々の心の悩み、葛藤などを救うスーパーマン的存在としてHを描きました。

そしてまた、諸々の事情が重なって出版が遅れるうち、二〇一一年三月十一日に、東日本大震災という未曾有の大災害が起きてしまいました。

この度の震災で亡くなられた方々のご冥福を心よりお祈り申し上げると共に、被災された方々の一日も早い復興を祈念致しております。

さらにこの場を借りまして、一国民として、日本がかつて近隣諸国に行った行為を省み、深く陳謝の意を述べると共に、この度の災害に際し、諸国より数々のご支援をいただいた事に対しまして、心より感謝の意を表します。

# 透明な天《そら》
## —ミッション・フロム・ヘヴン

発行日　2016年 7月 26日 第 1 刷

Author 天 高文
Supervision Rani

Illustrator happylove
Book Design designBAB

Publication 株式会社 グート
〒167-0042 東京都 杉並区 西荻北 4-15-13
TEL 03-3399-6654　FAX 03-5938-1870　http://www.gut.co.jp

Publisher 山中 孝真

Staff 仲西 和子，山中 啓倭子，川崎 三輪子，卯尾田 高文，廣岡 保，
卯尾田 潤子，磯部 さゆり，元谷 裕美

Printing Shinhwacooperation



ISBN978-4-9904235-0-6


JASRAC 出 1605302-601